XENOS · JUGENDKLASSIKER

CHARLES DICKENS

GESCHICHTE ZWEIER STÄDTE

NACHERZÄHLT VON

BRIGITTE JEHLE

ISBN 3-8212-1097-4

Am Hehsel 40, 2000 Hamburg 63
Umschlagzeichnung: Jörg Drühl
Innenteilzeichnungen: Antonio Cerbian
Satz: KCS GmbH, Buchholz/Hamburg
Printed in Israel

Inhaltsverzeichnis

Eine Reise in die Vergangenheit

Im Jahre 1775, in einer kalten, regnerischen Novembernacht war eine Postkutsche unterwegs. Sie hatte am späten Abend London verlassen und befand sich auf der Landstraße nach Dover. Von dort legten die Boote ab, die den Englischen Kanal nach Calais überkreuzten. Dichte Nebelschwaden lagen über dem Land, und der seit Tagen andauernde Regen hatte die Straßen fast aufgeweicht. Mühsam erkämpften sich die Pferde ihren Weg, man kam nur langsam voran.

Die in dunkle Umhänge verhüllten Reisenden hingen ihren Gedanken nach oder schliefen. Doch war es nur ein leichter Schlaf, jeder fürchtete um seine Sicherheit. Räuberische Banden überfielen immer wieder die Postkutschen, und das Reisen war gefährlich geworden.

Es war eine unruhige Zeit.

Der englische König George der Dritte war mit seinen amerikanischen Kolonien beschäftigt und knechtete das Volk mit erhöhten Steuerabgaben.

In Frankreich schwelgten der König Louis XVI. und seine Edelleute in Reichtum und Luxus. Ein Wohlstand, der von den einfachen Bürgern erbracht wurde, die selbst in größter Armut lebten.

Aber das unterdrückte Volk in England und Frankreich begann sich gegen die Reichen zu erheben.

Nicht nur Überfälle auf die Postkutschen waren an der Tagesordnung. In den großen Städten wie London und Paris geschahen zu jeder Tag- und Nachtzeit zahlreiche Verbrechen.

So war es nicht verwunderlich, daß es zu keinem vertraulichen Gespräch zwischen den Reisenden in der Kutsche kam.

Jeder mißtraute jedem.

Die Kutsche hatte gerade einen steilen Berg erklommen, und der Kutscher gönnte den Pferden eine kleine Rast. Da erklang das galoppierende Geräusch eines sich nähernden Pferdes. Die Reisenden lauschten ängstlich in die dunkle Nacht. Der Kutscher ergriff sein

geladenes Gewehr und schrie drohend: »Halt! Wer da, wohin des Weges?«

Der Reiter zügelte sein Pferd und tauchte langsam aus dem Nebel aus. Beide waren über und über mit Schlamm bespritzt.

»Ich muß einen Ihrer Passagiere sprechen.«

»Wie lautet sein Name?« Der Kutscher richtete den Gewehrlauf auf die dunkle Gestalt. Er befürchtete einen tückischen Hinterhalt. »Mr. Jarvis Lorry«, erwiderte der Reiter. Einer der Reisenden beugte sich zum Fenster. Die mißtrauischen Blicke seiner Mitreisenden trafen ihn.

»Bleibt in der Kutsche, Sir!« Barsch wurde der Befehl vom Kutscher ausgestoßen. »Ich kann sonst nicht für Euer Leben garantieren.« Er wandte sich an den Reiter: »Was wollt Ihr von Mr. Lorry?«

»Ich habe ihm eine Botschaft zu überbringen.«

»Der Mann ist mir bekannt, er arbeitet wie ich in der Tellson Bank in London.« Mr. Lorry hatte sich nun aus dem Fenster gebeugt. »Was gibt's, Jerry?«

Der Reiter saß ab und näherte sich vorsichtig dem Wagen. Der argwöhnische Finger des Kutschers am Abzugshahn der Flinte machte ihn sichtlich nervös.

»Hier, Sir, eine Depesche für Sie.« Jerry übergab Mr. Lorry ein versiegeltes Schreiben. Mr. Lorry öffnete es und las im Schein der Kutscherlaterne leise: »Wartet in Dover auf das junge Fräulein.« Nachdenklich faltete er den Brief zusammen und steckte ihn in seine Manteltasche. »Jerry – meine Antwort lautet: Wieder unter den Lebenden.«

»Was für eine sonderbare Antwort«, murmelte Jerry, während er aufsaß, seinem Pferd die Sporen gab und im Nebel verschwand.

Nach dieser aufregenden Unterbrechung wurde die Reise nach Dover fortgesetzt. Es war eine ermüdende Fahrt, und Mr. Lorry versank wie auch seine beiden Begleiter in einen leichten Schlummer. Doch es war kein erholsamer Schlaf. Bilder stiegen in seinen Träumen auf, unstete Bilder, die verflossen und neue formten. Besonders häufig tauchte immer und immer wieder das Gesicht eines alten Mannes auf. Es war ein abgezehrtes, verhärmtes Gesicht, eingerahmt durch langes, wirres, weißes Haar. Müde und ausdruckslos starrten ihn die leeren Augen an.

Und Mr. Lorry fragte: »Wie lange seid Ihr schon begraben?«

POST CO

Wieder und wieder stellte er diese Frage, und die Antwort war stets dieselbe:

»Fast achtzehn Jahre.«

»Hattet Ihr alle Hoffnung aufgegeben, ausgegraben zu werden?«

»Längst!«

Ein kalter Schauer durchfuhr Mr. Lorry, und im Halbschlaf nahm er wahr, daß die Fahrt unterbrochen wurde. Die beiden Mitreisenden verließen die Kutsche. Doch der Schlaf mit seinen dunklen, gespenstischen Gestalten übermannte ihn erneut.

Erst der nächste Halt der Kutsche am frühen Morgen rüttelte ihn völlig aus seinen Träumen. Sie hatten Dover erreicht, und Mr. Lorry suchte eine ihm bekannte Herberge auf. Es war eine eher bescheidene Unterkunft, doch lag sie nah am Hafen.

Mr. Lorry war diese Reiseroute wohl bekannt. Vor vielen Jahren war er von der Tellson Bank häufig in geschäftlichen Angelegenheiten nach Paris gesandt worden.

Er war ein treuer Angestellter, vertrauensvoll und verschwiegen, immer auf das Wohl der Kunden und der Bank bedacht. Diesmal führte ihn ein ganz besonderer

HOTEL

Auftrag nach Paris, und er fühlte sich geschmeichelt und besorgt zugleich. Nachdem er in der Herberge ein Zimmer für sich reserviert hatte, bat er den Wirt, alles vorzubereiten, um einen weiteren Gast zu empfangen.

»Ich erwarte ein junges Fräulein aus London. Sie wird nach Mr. Lorry von der Tellson Bank fragen. Bitte melden Sie mir ihre Ankunft.« – »Selbstverständlich, Sir.« Der Wirt griff nach den Taschen von Mr. Lorry. »Darf ich Ihnen Ihr Zimmer zeigen?« Er ging voran. »Die Herren von der Tellson Bank sind häufige Gäste in meinem Hause. Sie reisen wohl viel.« – »Ja«, erwiderte Mr. Lorry, »doch bin ich selbst die letzten fünfzehn Jahre nicht mehr gereist.« – »So?« Neugierig beäugte ihn der Wirt. »Dann sind es wohl sehr wichtige Geschäfte, die Sie trotz dieser unruhigen Zeiten zum Reisen veranlassen.« Mr. Lorry schwieg.

Sie hatten inzwischen den für Mr. Lorry bestimmten Raum erreicht, und der Wirt eilte zur Küche, um seinem Gast ein verspätetes Frühstück zu besorgen.

Erst am späten Abend, Mr. Jarvis Lorry hatte gerade sein Abendessen beendet, konnte man ihn benachrichtigen, daß das Fräulein Manette aus London eingetroffen sei. Der Kellner solle ihm zudem mitteilen, daß sie

sich freuen würde, ihn sofort zu begrüßen. Mr. Lorry ließ sich umgehend zu ihren Gemächern führen.

Er klopfte an die Tür und trat zögernd ein. Sein Eintreten war unbemerkt geblieben, und so konnte er die junge Dame, die der Tür gegenüber saß, für einige Augenblicke lang ungestört beobachten.

Sie war noch in Hut und Mantel und sah müde und erschöpft aus. Langes, blondes Haar umschmeichelte ihr schönes Gesicht.

Er trat näher, und Miß Manette wendete sich ihm zu. Ein fragender Blick aus blauen Augen traf ihn. Augen, die ihn an ein kleines Mädchen erinnerten, das er vor fünfzehn Jahren auf seinen Armen gehalten hatte. Auf einer Überfahrt von Calais nach Dover.

Mr. Lorry wußte, daß sie dieses Kind gewesen war, doch konnte sie sich natürlich nicht daran erinnern.

Er verbeugte sich förmlich vor Miß Manette. »Ich bitte, nehmt Platz, Sir.« Sie bot ihm freundlich einen Stuhl an. Ein leichter Akzent war ihrem Englisch beigemischt.

Nach einer weiteren höflichen Verbeugung, Mr. Lorry hatte die Manieren eines älteren Herrn, nahm er ihr gegenüber Platz. Sie sah fest in seine Augen, so als

ob sie dort Halt suchte, und sagte: »Wie ich gestern von der Tellson Bank erfahren habe, sind neue Entdeckungen über die Besitztümer meines verstorbenen Vaters gemacht worden.«

Ihre Stimme klang traurig, als sie über ihren verstorbenen Vater sprach.

»Man bat mich, nach Paris zu reisen und mich dort mit einem Herrn der Tellson Bank zu treffen.« Mr. Lorry verbeugte sich abermals: »Dieser Herr bin ich.«

»Eine Depesche wurde mir nachgesandt, mit dem Auftrag, in Dover auf Sie zu warten. Ein Auftrag, der mich, wenn ich das erwähnen darf, sehr erfreut.«

»Nun, Mr. Lorry, ich möchte gerne erfahren, um was es sich handelt.« Miß Manette ließ ihm wenig Zeit für seine ausschweifende Art und Weise der Gesprächsführung, die sich wohl jeder ältere Angestellte der Tellson Bank im Laufe der Zeit angewöhnt hatte.

»Natürlich.« Mr. Jarvis Lorry rückte seine Perücke zurecht. Etwas umständlich begann er: »Ich hatte die große Ehre, Ihren Vater vor zwanzig Jahren kennenzulernen. Schon damals arbeitete ich für die Tellson Bank, und unsere Bekanntschaft war rein geschäftlicher Art. Ich war ein großer Bewunderer Ihres Vaters,

der als Wissenschaftler höchste Anerkennung fand. Er heiratete damals eine junge englische Lady, und ich war beiden herzlich zugetan. So auch dem kleinen Mädchen, das nach zwei weiteren Jahren zur Welt kam.«

Hier wurde er nun von Miß Manette unterbrochen, die aufgeregt nach seiner Hand griff. »So wart Ihr es, der sich nach dem Verschwinden meines Vaters und dem Tode meiner Mutter um mich kümmerte.« Tränen füllten ihre Augen, als sie weiter sprach. »Ach, meine arme Mutter, das Verschwinden meines Vaters brach ihr das Herz.«

»Ja, das tat es.« Mr. Lorry drückte sanft ihre Hand. »Ihre Mutter konnte nach dem Verschwinden Ihres Vaters nichts über ihn erfahren, und sie mußte schließlich annehmen, daß er tot war. Doch was wäre, wenn wir uns alle geirrt hätten . . .«

Lucie Manette war von ihrem Sessel aufgesprungen, fassungslos stand sie da. Die Augen weit aufgerissen und totenbleich. »Was sagen Sie da? Wie meinen Sie das? Bitte erklären Sie mir doch.« Sie ließ Mr. Lorry gar nicht zu Wort kommen, und er sprang schließlich auf, um ihre Hand zu ergreifen . . . Behutsam führte er

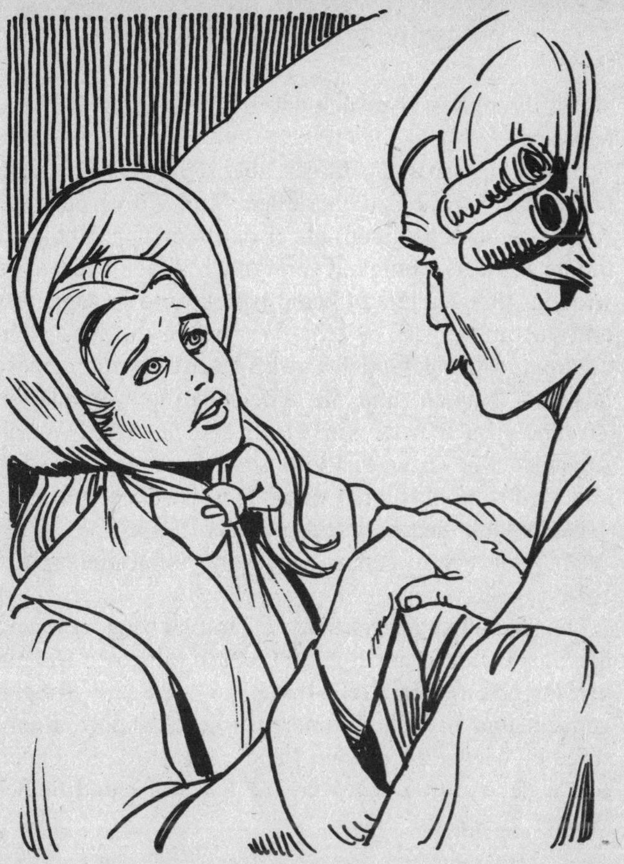

sie zu ihrem Sessel zurück und bat sie, wieder Platz zu nehmen.

Er war besorgt und verärgert über seine Plumpheit, sie so mit der Wahrheit zu überfallen. War es doch auch für ihn ein Schock gewesen, als er davon erfuhr. Und jetzt mußte sie diese Neuigkeit verarbeiten. Doch nun war es wichtig, ihre Fragen zu beantworten, und er sagte fest und bestimmt: »Ja, er lebt. Wir haben die Nachricht erhalten, daß er gefunden wurde. Allerdings unter einem falschen Namen und in einem völlig veränderten Zustand.« Lucie hatte wie betäubt seinen letzten Worten zugehört. Mit leiser, fast tonloser Stimme flüsterte sie: »Es wird sein, als ob ich einem Gespenst begegne.«

Dann sank sie ohnmächtig in den Sessel.

Mr. Lorry war außer sich, verzweifelt rief er um Hilfe.

Die Tür zum angrenzenden Zimmer flog auf, und Mr. Jarvis Lorry sah eine große Frau mit roten Haaren hereinstürzen. Herrisch fühlte er sich am Kragen gepackt und in eine Zimmerecke geschleudert. Kaum stand er wieder auf seinen Füßen, da wurde ihm auch schon der Auftrag gegeben, für Riechsalz und heißes Wasser zu sorgen.

Doch das besorgte bereits der Wirt, der ebenfalls, durch Mr. Lorrys Hilferuf alarmiert, herbeigeeilt war. Was Mr. Lorry sehr bedauerte, da es nun keinen triftigen Grund mehr für ihn gab, das Zimmer zu verlassen.

Er fürchtete sich fast vor dieser Frau, die ihm gerade eine Kostprobe ihrer Kraft gegeben hatte. So blieb er denn bedrückt in seiner Zimmerecke stehen und sah zu, mit welcher Behutsamkeit diese kräftige Frau das Mädchen hochhob und auf ein Sofa bettete.

Sanft streichelte sie Lucies Haar und liebkoste sie. Entrüstet wandte sie sich nach Mr. Lorry um. »Was auch immer diese Neuigkeiten waren, mußten Sie mein Täubchen so zu Tode erschrecken?« Das war Mr. Lorrys erste Begegnung mit Miß Proß, Lucies Gouvernante. Lucie kam langsam wieder zu Bewußtsein, und nachdem Mr. Lorry sich vergewissert hatte, daß sie auf dem Wege der Besserung war, verließ er eilig den Raum. Lucie war in guten Händen.

Die Weinstube

Die Menschen von Saint Antoine, einem Stadtteil von Paris, waren arm. Die Armut war noch erträglich, doch hat sich mit ihr der Hunger eingestellt. Hartnäckig hatte er sich in ihren Mägen festgekrallt, und deutlich zeichnete er sich auf ihren Gesichtern und Körpern ab. Es waren hagere, ausgemergelte Gestalten, die in den verkommenen Häusern und Straßen von St. Antoine lebten.

Doch waren sie nicht gebeugt, sie nährten sich von der Kraft des Hasses und der Hoffnung. Langsam und schleichend hatte sich in ihnen ein Widerstand gegen die Reichen gebildet, die nichtsahnend von diesem Unmut unbesorgt weiter ihren kostspieligen, oft überflüssigen Vergnügungen nachgingen.

Eines Tages fiel in den engen Straßen von Saint Antoine ein Weinfaß von einem Karren. Mit einem lauten Bersten zerschellte es auf den Straßen, und roter Wein ergoß sich auf die Straße. Es war wie ein Vorbote, ein Omen für kommende Tage. Doch in dieser Stunde dachte fast niemand daran, es so zu sehen.

Jeder, der in der Nähe war, ließ alles stehen und liegen und eilte hurtig zu der Stelle, um etwas von dem kostbaren Naß aufzufangen. Männer, Frauen und Kinder knieten auf der Straße nieder und benutzten die hohle Hand oder eine alte Topfscherbe als Trinkgefäß. Andere hielten Tücher in die rote Flüssigkeit und wrangen sie über ihren weit geöffneten Mündern aus. Selbst die kleinsten Kinder erhielten auf diese Weise ein paar Tropfen. Es war ein fröhliches Treiben, rauh, aber herzlich ging es zu, und lautes Lachen klang durch die Straßen.

So plötzlich, wie es angefangen hatte, fand es auch ein Ende. Die Menge verlief sich schnell, als der Wein aufgeschlürft war. Sie ließen rote Spuren, die wie Blut aussahen, zurück. Und bald sollte auch tatsächlich eine Zeit kommen, in der die Pflastersteine tatsächlich von Blut gefärbt wurden.

Nachdenklich lehnte der Wirt der Weinstube an der Haustür. Er war ein großer, kräftig gebauter, dunkelhaariger Mann um die dreißig.

Ein unbekümmertes Schulterzucken war seine einzige Reaktion gewesen, als das Faß vor seinem Laden zerbrach. »Geht mich nichts an, der Schaden entstand bei der Lieferung.« Nachdem alle wieder zu ihren gewohnten Tätigkeiten zurückgefunden hatten, drehte auch er der Straße den Rücken zu und ging in die Weinstube.

Seine Frau, Madame Defarge, saß hinter dem Ausschank. Sie hielt ein Strickzeug in ihren Händen, und obwohl emsig daran arbeitend, entging ihren wachsamen Augen nichts. Fast ausdruckslos blieben ihre Gesichtszüge, als ihr Mann eintrat. Nur mit einem leichten Anheben der rechten Augenbraue deutete sie ihm an, daß er seine Aufmerksamkeit dem rechten Tisch zuwenden sollte. Doch Ernest Defarge ging zu einem anderen Tisch, um dort einen Gast zu begrüßen, bevor er seine Blicke unbemerkt in die angegebene Richtung lenkte. Für einen flüchtigen Moment trafen sich seine Augen mit denen von Mr. Lorry. Der saß dort mit Lucie bei einem Glas Wein.

Erst als der letzte Gast sich verabschiedet hatte, begrüßte Ernest Defarge die beiden.

Nach ein paar geflüsterten Sätzen bat er beide, ihm zu folgen. Zu dritt verließen sie die Weinschenke durch die Hintertür. Monsieur Defarge führt sie über einen mit allerlei Unrat angefüllten Hof zu einer steilen Wendeltreppe. Sie kletterten über viele Stufentritte hinauf, bis Ernest Defarge vor einer Tür anhielt.

Von drinnen erklang leises Klopfen. Erregt flüsterte Mr. Lorry: »Ist er alleine?«

»Natürlich«, antwortete Monsieur Defarge. Er war im Begriff, die Türe zu öffnen, als Lucie verzweifelt ausstieß: »Ich fürchte mich.«

»Nur Mut, mein Kind.« Mr. Lorry faßte ihre Hand, um ihr für das Kommende Kraft zu geben. Ernest Defarge öffnete die Tür.

Der Schuhmacher

Eine dunkle Dachkammer lag vor ihnen. Das Fenster war bis auf einen schmalen Spalt, durch den das Tageslicht drang, geschlossen. Es schien, als ob sich der Mann, der auf einer niedrigen Bank davor saß, vor zuviel Sonne fürchtete.

Er hatte ihnen den Rücken zugewandt und beugte sich über etwas, das er in den Händen hielt. Sie traten näher und sahen, daß er mit einem Schustermesser an einem Damenschuh arbeitete. Einfache Werkzeuge und Lederstücke lagen neben ihm auf der Bank.

»Guten Tag«, sagte Monsieur Defarge, während er ans Fenster trat und es öffnete. Das Sonnenlicht drang in den Raum, und der alte Mann ließ erschreckt den Schuh fallen, um seine Hand schützend vor die Augen

zu legen. Langes weißes Haar hing ungepflegt von seinem Kopf. Ebenso weiß und lang war der struppige Bart, und beides stand in scharfem Kontrast zu seinen dunklen Augenbrauen.

Hemd und Hose waren zerfetzt und bedeckten nur notdürftig seinen ausgemergelten Körper.

»Sie haben Besuch.« Monsieur Defarge deutete auf Mr. Lorry, der mittlerweile neben ihm stand. »Sagt dem Herrn, an was Ihr arbeitet.« Der alte Mann wendete sich Mr. Lorry für einen Augenblick zu, bevor er seinen Kopf wieder über die Arbeit beugte.

Mr. Lorry spürte, wie eine kalte Hand nach seinem Herzen griff – es waren die gleichen leeren ausdrucklosen Augen, die ihm in seinen Träumen begegnet waren. Um Fassung bemüht, fragte er: »Was für ein Schuh ist es, und wer hat ihn gemacht?«

Ohne aufzublicken, murmelte der Alte: »Es ist ein Damenschuh.«

»Und wie ist der Name des Schuhmachers?«

Es entstand eine bedrückend lange Pause, bis der Schuhmacher endlich erwiderte: »Hundertundfünf, Nordturm.«

Für einige Minuten schien er abwesend zu sein, um

dann mit fahrigen Bewegungen seine Arbeit wieder aufzunehmen.

»Monsieur Manette!« Eindringlich redete Mr. Lorry auf ihn ein.

»Erkennen Sie mich denn nicht?«

Der Schuhmacher schaute auf, und für ein paar Sekunden war eine Frage in seinen Augen zu sehen. Doch der leere Ausdruck kam schnell zurück, und mit einem Seufzer kehrte er an seine Arbeit zurück.

Lucie hatte die ganze Zeit wie erstarrt hinter den drei Männern gestanden. Langsam war ihre Angst gewichen, und sie fühlte sich wie magisch angezogen. Voller Mitleid und Fürsorge trat sie neben die Bank.

Kein Laut fiel, sie stand wie ein Gespenst an seiner Seite. Er arbeitete fort. Doch plötzlich fiel sein Blick auf ihr Kleid. Er blickte langsam hoch und sah ihr Gesicht.

Nur sein keuchender Atem war zu hören, seine Lippen formten lautlos Worte. Auch Lucie stand, seinem Blick ausweichend, wie erstarrt da. »Wer ist das?« Fast unhörbar stieß er die Frage heraus.

Tränen füllten Lucies Augen, während sie ihre beiden Hände an die Lippen führte und ihm zärtlich einen Kuß zuwarf.

»Seid Ihr des Schließers Tochter?«

»Nein«, flüsterte Lucie, »das bin ich nicht.«

»Wer seid Ihr dann?«

Lucie setzte sich neben ihn.

Ein schmerzhafter Kloß saß in ihrer Kehle. Sie konnte nicht sprechen. Mit unendlicher Güte und Sanftheit legte sie ihre Hand auf seinen Arm. Ein Schauer durchlief ihn.

Mr. Lorry und Monsieur Defarge machten einen Schritt nach vorne, als gälte es Lucie vor dem Messer, das der Schuhmacher noch immer in seiner Hand hielt, zu beschützen.

Sie winkte ihnen ab. Sie fürchtete sich nicht vor diesem Mann – ihrem Vater.

Er legte nun Schuh und Messer zur Seite und griff mit einer langsamen Bewegung nach ihrem Haar. Zärtlich ließ er eine Locke durch seine Finger gleiten. Seine Stirn spiegelte seine innere Erregung wider.

»Wie kann es sein?« Verwirrt griff er nach einem kleinen Beutel, den er um seinen Hals trug. Alt und abgegriffen sah er aus.

Sorgfältig öffnete er ihn, und mit zittrigen Fingern brachte er ein paar lange blonde Haare hervor. Erneut

griff er nach Lucies Haar. »Es ist dasselbe, wie kann es sein, wann war es?«

Seine Stimme kam wie von weit, weit her: »Sie hatte ihr Haupt an meine Schulter gelegt, als sie kamen, um mich zu holen. Sie wollte nicht, daß ich gehe. Sie fürchtete sich, und ich war so unbesorgt. Als man mich dann zum Nordturm brachte, in die Gefängniszelle, fand der Wärter ein paar Haare auf meinem Ärmel. Er ließ sie mir. Wie konnten sie mir auch helfen?« Sein verlorener Blick fand in die Gegenwart zurück. »Bist du das gewesen? Doch nein, das kann nicht sein.«

Düster schüttelte er den Kopf.

»Bitte, sagt mir doch Euren Namen, schönes Kind.« Ein so sanfter Ton durchdrang seine Stimme, daß Lucies Augen überliefen.

Sie sank vor ihm auf die Knie und legte ihre Hände auf seine Brust.

»Oh, lieber Herr, Ihr sollt ihn zu einer anderen Zeit erfahren. Jetzt sollt Ihr wissen, daß Euer Leidensweg ein Ende hat. Ich bin hier, um Euch mit mir nach England zu nehmen. Dort werdet Ihr Ruhe und Frieden finden.«

Mit einem abgrundtiefen Seufzer ließ er sein Haupt

auf ihr Haar sinken. Es lag so viel Leid und Schmerz darin, daß Mr. Lorry und Monsieur Defarge zu Tränen gerührt waren.

Nach einer Weile verließen beide, Vater und Tochter in stiller Zweisamkeit zurücklassend, den Raum.

Eilig bereiteten sie nun die Rückreise nach England vor. Mit Brot, Fleisch, Wein und heißem Kaffee kehrten sie kurze Zeit später in die Dachkammer zurück.

Monsieur Manette war wieder in seinen verwirrten Zustand zurückgefallen. Doch erlaubte er Lucie, ihn für die Reise vorzubereiten, und ließ sich vertrauensvoll von ihr die vielen Treppen hinunterführen. Das Gehen fiel ihm schwer, und nur mit Mühe erklomm er die Kutschenstufen. Er bat darum, sein Werkzeug und die Schusterbank mitzunehmen.

Monsieur Defarge eilte noch einmal zurück, und nachdem alles untergebracht war, fuhr die Kutsche an. Nur Madame und Monsieur Defarge blickten ihr hinterher. Sie, wie immer mit ihrem Strickzeug in den Händen, und er, leise murmelnd:

»Ich hoffe, Ihr werdet es nie bereuen, wieder unter den Lebenden zu sein, Monsieur Manette!«

Das Gerichtsverfahren

Im Jahre 1780, fünf Jahre nach Dr. Manettes Befreiung aus dem Gefängnis, fand in London ein aufsehenerregender Prozeß statt. Ein junger Mann, Charles Darnay, war des Hochverrates angeklagt.

England lag im Krieg mit seinen amerikanischen Kolonien, die um ihre Unabhängigkeit kämpften, und hatte in den letzten Jahren viele Schlachten verloren. Frankreich unterstützte die amerikanischen Rebellen, und England war sehr verbittert darüber. Die Spannungen zwischen den beiden Ländern war gewaltig. So hatte der Prozeß hohe Wogen geschlagen, und die Zuschauerplätze im Baily Gerichtshof waren überfüllt.

Die aufgebrachte Menge wollte den Mann sehen, der angeblich geheime Informationen an den französischen

König weitergeleitet hatte. Informationen über Stellungen und Lage der englischen Truppen. Ein empörtes Raunen ging durch den Saal, als der Staatsanwalt die Anklageschrift verlesen hatte.

Zwischenrufe wie »Hängt ihn« wurden ausgerufen und wütende Blicke zur Anklagebank geworfen.

Dort stand Charles Darnay, ruhig und selbstbewußt. Er war ein großer, gutaussehender Mann um die fünfundzwanzig. Seine Augen weilten von Zeit zu Zeit auf der Zeugenbank, wo neben weiteren Zeugen Dr. Alexander Manette mit seiner Tochter und Mr. Lorry saßen.

Dr. Manette hatte durch Lucies Hilfe seine Gesundheit wiedererlangt und arbeitete als praktischer Arzt.

Mr. Lorry war weiterhin für die Tellson Bank in London und Paris tätig. Sie hatten Charles Darney vor fünf Jahren auf dem Schiff zwischen Calais und Dover kennengelernt, wenngleich sich Dr. Manette, bedingt durch seinen damaligen Zustand, nicht daran erinnern konnte.

Alle drei waren vom Staatsanwalt als Zeugen gegen Charles Darney geladen.

Die Verteidigung wurde durch Mr. Stryer, einen in London wohlbekannten Anwalt, und seinen Gehilfen

Mr. Carton geführt. Mr. Stryer hörte aufmerksam den Ausführungen des Staatsanwaltes zu, der gerade dem Hohen Gericht erklärte, er habe eine stichhaltige Beweisführung gegen den Angeklagten.

Vor fünf Jahren, so führte er aus, hätte dieser den Verrat begangen.

Währenddessen starrte Mr. Carton völlig uninteressiert zur Zimmerdecke empor. Der Staatsanwalt rief als ersten Zeugen Mr. John Barsad auf.

Mr. Barsad gab an, ein ehemaliger Freund des Angeklagten zu sein und genau über seine betrügerischen Tätigkeiten Bescheid zu wissen. »Warum sagen Sie gegen den Angeklagten aus?« fragte der Staatsanwalt.

»Als treuer Patriot meines Landes hielt ich es für meine Pflicht, meine Entdeckungen zu melden.«

»Was haben Sie entdeckt?«

»Ich sah, wie er französischen Landsleuten Lagepläne über englische Truppen gab. Geschrieben von seiner eigenen Hand.«

Der Verteidiger Mr. Stryer ging ins Kreuzverhör und verwies dabei auf den Lebenswandel des Zeugen.

Mr. Barsad war ein entlassener Sträfling und Glücksspieler. Außerdem stellte sich heraus, daß Mr. Barsad

dem Zeugen nur einmal begegnet war. Zufällig hatten sie sich auf einer Reise in einer Kutsche getroffen.

Befriedigt überließ Mr. Stryer dem Staatsanwalt das Feld, der als nächsten Zeugen Roger Cly in den Zeugenstand rief.

»Mr. Roger«, begann der Staatsanwalt, »Sie haben als Diener für den hier Angeklagten gearbeitet. Wie lange standen Sie in seinen Diensten?«

»Fast vier Jahre, Sir.«

»Können Sie bezeugen, daß Charles Darnay Listen über englische Truppenbewegungen erstellt hat?«

»Ja, Sir, das kann ich.«

»Was läßt Sie so sicher sein?«

»Nun, ich habe sie selbst gesehen.«

»Wo haben Sie dieses Beweismaterial gesehen?«

»In seinen Taschen und auf seinem Schreibtisch.«

»Konnten Sie auch sehen, daß er diese Listen an andere weitergab?«

»Ja; auf der Überfahrt von Dover nach Calais händigte er sie einem Franzosen aus.«

Der Staatsanwalt wollte noch wissen, warum er gegen seinen früheren Herrn aussage. Auch hier war die Antwort: »Als ein sein Vaterland liebender Engländer ist es

meine Pflicht.« Eine fast erdrückende Beweislast gegen den Angeklagten war erbracht worden. Doch im anschließenden Kreuzverhör wurde die Glaubwürdigkeit dieses Zeugen stark erschüttert. Mr. Stryer erbrachte den Beweis, daß Roger Cly vor einiger Zeit im Dienste der französischen Regierung gestanden hatte, und überführte ihn außerdem als Dieb und Betrüger.

Mr. Jarvis Lorry wurde als nächster Zeuge aufgerufen. Der Staatsanwalt begann sein Verhör: »Mr. Lorry, Sie reisten in jener Freitagnacht im November 1775 aus geschäftlichen Gründen von London nach Dover. Können Sie sich daran erinnern?«

»Ja, ich erinnere mich«, erwiderte Mr. Lorry.

»Waren noch weitere Reisende in der Kutsche?«

»Ja, zwei Männer.«

»Und verließen diese beiden Männer um Mitternacht die Kutsche, um ihre Reise zu Fuß fortzusetzen?«

»Ich weiß nicht, wie sie ihre Reise fortsetzten. Aber ich erinnere mich, daß sie die Kutsche vor mir verließen.«

»War einer von ihnen der hier anwesende Angeklagte?«

Mr. Lorry schaute Charles Darnay prüfend an. Sein

Gesicht spiegelte sein Bemühen wider, sich zu erinnern.

»Nun«, drängte der Staatsanwalt.

»Ich kann Ihre Frage nicht beantworten. Sie waren beide in dicke Mäntel eingehüllt, so daß ich sie nicht erkennen konnte.«

»Sehen Sie den Beschuldigten heute zum ersten Mal?«

»Nein, ich bin ihm während meiner Rückreise auf dem Schiff von Calais nach Dover begegnet.«

»Reisten Sie alleine?«

»Nein, Dr. Alexander Manette und seine Tochter begleiteten mich.«

»Kamen Sie während der Überfahrt mit dem Angeklagten ins Gespräch?«

»Nein, es war eine stürmische Nacht, und ich blieb die ganze Zeit in meiner Kabine.«

»Vielen Dank, Mr. Lorry.« Der Staatsanwalt übergab an den Verteidiger. Doch Mr. Stryer schüttelte den Kopf, er hatte keine weiteren Fragen, und somit war Mr. Lorry entlassen.

»Ich rufe Miß Manette in den Zeugenstand.«

Der Staatsanwalt erhob sich erneut.

Lucie Manette schritt langsam zum Zeugenstand. Für einen kurzen Moment blieb sie vor dem Angeklagten stehen und warf ihm einen Blick zu, der tiefes Bedauern für seine Lage ausdrückte. Es lag so viel echtes Gefühl in diesem Blick, daß selbst die vielen Zuschauer davon berührt waren. Zum ersten Male wurde es ruhig im Gerichtssaal.

»Miß Manette, Sie lernten den Angeklagten auf der eben von Mr. Lorry beschriebenen Reise kennen. Ist das richtig?«

»Ja«, entgegnete Lucie. »Als der Gentleman an . . .« Sie wurde unterbrochen. »Meint Ihr damit den Gefangenen?«

»Ja.«

»Dann nennt ihn auch so!«

»Als der Gentl . . ., der Gefangene an Bord kam, war ich gerade damit beschäftigt, für meinen Vater eine Lagerstatt an Deck zu errichten. Mr. Darnay«, Lucie richtete ihre Augen dankbar auf ihn, »sah den erschöpften Zustand meines Vaters und half mir. Er fand einen guten Platz, so daß mein Vater an der frischen Luft bleiben konnte und gleichzeitig vor Zugluft geschützt war.«

»War er alleine an Bord gekommen?«

»Das konnte ich nicht sehen.«

»Hat er noch mit anderen Passagieren gesprochen?«

»Ja, ich sah ihn ihm Gespräch mit zwei anderen Herren.«

»Franzosen?«

»Soweit ich erkennen konnte, ja.«

»Hielten sie Papiere in den Händen?«

»Ja, aber ich konnte nicht erkennen, um was es sich dabei handelte.«

»Hat der Gefangene Ihnen gegenüber etwas von seinen Geschäften erzählt?«

Lucie warf einen hilflosen Blick zu Charles Darnay, ein unterdrücktes Schluchzen entrang ihrer Kehle. »Ich hoffe, daß meine Aussage sich nicht belastend auswirkt. Er war so freundlich und hilfsbereit meinem Vater gegenüber.«

Der Richter mischte sich ein, ungehalten donnerte er: »Es ist Eure Pflicht, dem Gericht zu erzählen, was Ihr wißt.«

»Er deutete mir an, daß er unter falschem Namen reise, da er einen gefährlichen Auftrag auszuführen habe, gefährlich für ihn und auch für andere Leute.«

»Bitte erzählen Sie weiter«, die Stimme des Staatsanwaltes war schneidend, »hat er über die amerikanischen Kolonien gesprochen?«

Lucie zögerte, ein schmerzhafter Zug lag auf ihrer Stirn. »Er meinte, soweit er die Sache beurteilen könne, würde England ungerecht handeln. Und lachend fügte er noch hinzu, daß vielleicht George Washington die Geschichte genauso prägen würde wie George der Dritte.«

Ein empörtes Raunen ging durch den Saal, Stimmen des Unmuts wurden laut: »Das ist eine Majestätsbeleidigung!«

Nachdem der Tumult sich gelegt hatte, konnte Lucie den Zeugenstand verlassen, und ihr Vater, Dr. Alexander Manette, wurde aufgerufen. Es war ein sehr kurzes Verhör, da Dr. Manette sich nicht an die Vorgänge erinnerte. Mit einer hilflosen Geste berührte er seine Stirn und sagte: »Ich war für lange Zeit in französischer Gefangenschaft. Mein Erinnerungsvermögen setzte erst wieder ein, als ich mich in der sicheren Obhut meiner Tochter in London befand.« Man entließ ihn, und ein neuer Zeuge wurde gebeten. Wiederholt versuchte der Staatsanwalt, dem Hohen Gericht zu beweisen, daß

Charles Darnay in der fraglichen Nacht auf einer Reise nach Frankreich gesehen worden war. Er wäre es gewesen, der die Kutsche verließ! Er hätte sich mit französischen Landsleuten getroffen! Und von ihm wären geheime Informationen an die Feinde weitergegeben worden. Es war, wenn auch auf wackeligen Beinen stehendes, doch sehr bedrückendes Beweismaterial.

In diesem Moment kam Leben in Mr. Carton, den Assistenten der Verteidigung. Völlig teilnahmslos hatte Carton bisher auf seinem Stuhl gesessen und die Zimmerdecke studiert. Mit keiner Miene verriet er sein Interesse an dem Verlauf der Verhandlung. Fast hätte man glauben können, er sei eingeschlafen, wenn er nicht vor einiger Zeit seine Perücke abgelegt hätte.

Diese nahm er nun mit einer plötzlichen Bewegung und setzte sie auf. Hastig schrieb er eine Notiz und reichte sie Mr. Stryer, der gerade den letzten Zeugen befragte. Mr. Stryer nahm den Zettel entgegen. Er kannte die seltsamen Arbeitsweisen seines Assistenten, und obwohl Carton faul und dem Alkohol verfallen war, wußte er doch dessen brillanten Kopf zu schätzen. Ohne lange zu zögern las er die Nachricht und wandte sich dann erneut an den Zeugen.

»Sind Sie absolut sicher, daß der Mann, den Sie in der Hotelhalle sahen, Charles Darnay war? Bitte, seht ihn Euch an!«

Der Zeuge zögerte. »Ich bin mir sicher.«

»Ich möchte Sie noch einmal bitten, sich zu vergewissern.« Mr. Stryer beharrte mit Nachdruck auf seiner Frage.

Etwas verunsichert nickte der Zeuge.

»Nun, wenn Sie sich so sicher sind, möchte ich Sie bitten, sich diesen Mann dort anzusehen.« Mr. Stryer deutete auf seinen Assistenten. Es herrschte absolute Stille im Gerichtssaal. Jeder ließ seinen Blick zwischen Carton und Charles Darnay hin und her wandern. Erstaunen zeichnete sich auf allen Gesichtern der Anwesenden ab, ebenso wie auf Charles Darnays. Die Ähnlichkeit der beiden Männer war verblüffend groß.

Nach dieser überraschenden Wende hielten der Staatsanwalt und Mr. Stryer ihre Schlußplädoyers, und die Geschworenen zogen sich zur Beratung zurück.

Erst nach mehreren Stunden kamen sie wieder und verkündeten ihr Urteil:

»NICHT SCHULDIG«

Es gab eine hitzige Debatte über diese Verhandlung, und die Menge ging nur langsam auseinander.

Charles Darnay trat zu Mr. Carton, um sich bei ihm für seinen genialen Einfall zu bedanken. Er lud ihn zu einem Abendessen ein, und sie gingen in eine nahegelegene Schänke. Schweigend saßen sie sich beim Essen gegenüber.

Jeder hing seinen eigenen Gedanken nach. Carton labte sich jedoch mehr am Weine, ohne Pause stürzte er die rote Flüssigkeit in sich hinein, als ob es Wasser wäre.

Grell lachend sagte er nach einer Weile: »Ist es nicht sonderbar? Wir sehen uns so ähnlich, und doch ist unser Schicksal so verschieden.« Er rülpste: »Was für ein schönes Gefühl muß es sein, wenn so eine schöne junge Dame um einen weint. Nun, um mich weint niemand.« Maßlos lachend fuhr er fort: »Ich bin vom Leben enttäuscht. Ich bin ein Versager in allem, was

ich anfasse. Sei es meine Arbeit, meine Freunde, einfach alles.«

Charles Darnay schaute bekümmert Carton an, der nun, in sich zusammengesunken, den Kopf auf den Tisch gelegt hatte.

»Sie sind so talentiert. Wie schade, daß Sie Ihr Können nicht besser einsetzen.« Doch Carton schlief, und Charles Darnay zog sich leise zurück. Nach einiger Zeit wurde Carton von einem Kellner geweckt. Er machte sich leicht schwankend auf den Weg zu Mr. Stryers Büro. Mr. Stryer begrüßte ihn überschwenglich: »Sie waren heute wieder brillant!«

Er wußte genau, wieviel er dem genialen Kopf seines Mitarbeiters verdankte. Viele seiner erfolgreich abgeschlossenen Verteidigungen gelangen nur mit Cartons Hilfe. So nahm er denn gelassen Cartons Trunksucht, seine Unpünktlichkeit und sein vernachlässigtes Äußeres in Kauf.

Auch an dem heutigen Abend hoffte er auf dessen Mithilfe bei zwei weiteren Fällen. Sie ließen sich an Mr. Stryers Arbeitstisch nieder, auf dem neben mehreren Aktenstößen auch einige Flaschen Wein standen.

Mr. Stryer fragte: »Wie seid Ihr auf die Idee mit der

Ähnlichkeit gekommen?« — »Nun, ich hatte gerade darüber nachgedacht, daß Mr. Darnay ein aufrechter Mann ist und ich wohl ein ähnliches Leben führen würde, wenn das Glück an meiner Seite gestanden hätte.«

»Ich denke, es bedarf mehr als nur Glück, Sydney. Es gehört auch Willenskraft dazu, um seinen eigenen Wünschen nachzugehen. Etwas, was Sie nie verfolgt haben. Für Sie ist das Glück der anderen immer wichtiger gewesen. Ich erinnere mich, daß Sie mehr Ehrgeiz hatten, als wir gemeinsam studierten. Wo ist er geblieben?«

»Wer weiß, aber laß uns zu etwas erfreulicheren Themen wechseln.«

»Sollen wir über die schöne Dame sprechen, die heute als Zeugin aussagte?« – »Ich fand sie nicht hübsch.« – »Ach, Sydney, sie war wunderschön.« Doch Sydney hatte sich in seine Arbeit vertieft. An diesem Abend ging er traurig nach Hause. In seiner kleinen Dachkammer weinte er bittere Tränen über sein Unglück und sein Leid. Es war nicht zum ersten Mal, daß er weinte.

Besucher im Haus der Manettes

Mr. Jarvis Lorry war in den letzten fünf Jahren ein guter Freund und gerngesehener Gast bei den Manettes. Es war ihm zur lieben Gewohnheit geworden, den letzten Tag der Woche mit ihnen zu verbringen. So wanderte er an einem wunderschönen Sonntagnachmittag, vier Monate nach dem aufsehenerregenden Prozeß, zu dem Haus von Dr. Manette und seiner Tochter.

Miß Proß, die getreue Dienerin, öffnete ihm die Tür und bat ihn ins Wohnzimmer. Die Tür zum angrenzenden Arbeitsraum des Doktors stand offen, und sein Blick fiel auf die Schuhmacherbank und das dazugehörende Werkzeug.

Auffallend stachen sie, wie mahnende Erinnerungsstücke, von der übrigen Einrichtung ab. Eine herrische

Stimme riß ihn aus den aufsteigenden Bildern der Vergangenheit.

»Worauf starren Sie denn so?«

Mr. Jarvis Lorry drehte sich um. Er kannte Miß Proß inzwischen gut und wußte um ihre rauhe Oberfläche. »Ich fragte mich gerade, warum Dr. Manette diese Dinge noch immer aufbewahrt.«

Barsch erwiderte Miß Proß: »Ich möchte es nicht wissen. Aber ich weiß sehr wohl, daß wir heute noch mehr Gäste erwarten. Wieder einer dieser jungen Männer, der Lucies Gesellschaft unwürdig ist.«

Mr. Lorry kannte ihre Eifersucht und hörte geduldig zu.

»Mein Täubchen ist für alle viel zu gut. Nur einer ist ihrer würdig, und das ist mein geliebter Bruder Salomon. Wenn ihm doch nur nicht so viel Unglück widerfahren wäre.«

Nun wurde ihr ansonst so scharfer Verstand in dieser Angelegenheit durch ihre schwesterliche Liebe genarrt. Denn wie Mr. Lorry erfahren hatte, war ihr Bruder keineswegs vom Unglück verfolgt. Er schlug sich als Dieb und Betrüger durchs Leben und hatte sogar das Erbteil seiner Schwester verjubelt.

Ohne weiter darauf einzugehen, fragte er: »Glaubt Ihr denn, daß der Doktor häufig an seine Schuhmacherzeit zurückdenkt?«

»Ja«, sagte Miß Proß, »aber er spricht nie darüber. Es ist, als ob die Angst davor wie ein dunkler Schatten über ihm hängt.«

In diesem Moment traten Dr. Manette und Lucie ein. Miß Proß eilte, um die Haustür zu öffnen; es hatte geläutet.

Der von ihr angekündigte Besucher war Charles Darnay. Auch er zählte zu den gerngesehenen Gästen. Wenn auch nicht in Miß Proß' Augen, die wie ein Habicht um Lucies Wohl besorgt war. Gemeinsam gingen alle in den Garten, um die letzten Sonnenstrahlen zu genießen.

Charles Darnay wußte von den letzten Neuigkeiten zu erzählen.

»Haben Sie noch einmal den Londoner Tower besichtigt? Vor ein paar Tagen erfuhr ich eine wunderliche Geschichte.

Bei Reparaturarbeiten entdeckten Arbeiter ein Verlies, das schon seit Jahren nicht mehr benutzt worden war. Auf den Mauersteinen konnte man Inschriften der

Gefangenen lesen. Sie hatten ihre Namen, Daten und Klagen eingeritzt.

Hinter ein paar losen Steinen fand einer der Handwerker ein fast verbranntes Stück Papier. Es wird vermutet, daß ein Gefangener eine wichtige Nachricht auf dieses Blatt geschrieben hatte. Doch leider war es nicht mehr zu entziffern. Was auch immer darauf geschrieben stand, niemand wird es je erfahren.«

»Ist Ihnen nicht wohl, Vater?« rief Lucie besorgt. Dr. Manette keuchte und berührte mit der Hand seine Stirn. Panische Angst lag auf seinem Gesicht.

»Nein, mein Liebling«, der Doktor fand schnell seine Fassung wieder, »ich spürte nur einen Regentropfen.«

Tatsächlich fing es in diesem Moment an zu regnen. »Wir sollten im Wohnzimmer unseren Tee einnehmen.«

Damit schritt er ihnen hurtig voran. Doch er konnte Mr. Lorry nicht täuschen. Dieser spürte, wie sehr Dr. Manette sich erschreckt hatte, und ein Schauer durchfuhr auch ihn.

Der Marquis St. Evremonde

Frankreich glich zu dieser Zeit einem Pulverfaß. Die Kluft zwischen arm und reich wurde größer und größer. Es konnte nicht mehr lange dauern, bis ein zündender Funke die Explosion hervorrief.

Die Reichen feierten rauschende Feste, schmückten sich mit kostbarem Schmuck und labten sich an überfüllten Tischen. Bei den Armen war der Hunger ein wohlbekannter Gast, und alte Lumpen bedeckten ihre Körper. Prachtvolle Kutschen brachten die Reichen von Fest zu Fest, und mit dem Leid gegenüber verschlossenen Augen fuhren sie durch die Straßen.

So auch der Marquis St. Evremonde, ein hochmütiger Mann. Übelgelaunt durch einen Empfang beim König, der ihn ignorierte, hatte er dem Kutscher den

Befehl gegeben, die Pferde anzutreiben. Mit Höchstgeschwindigkeit eilten sie durch die engen Gassen. Nur mit knapper Not konnten die Menschen der Kutsche ausweichen. Ohne das Tempo zu verringern, schoß der Wagen um eine Kurve, als ein schrecklicher Schlag zu hören war.

Die Pferde bäumten sich wiehernd auf und rissen den Marquis aus seinen verärgerten Gedanken. Er lehnte sich aus dem Fenster und sah, wie ein großer Mann ein lebloses Bündel aufhob. Im Schlamm kniend, stieß er fast tierische Schreie aus.

Empört über die Unterbrechung, befahl der Marquis dem Kutscher weiterzufahren. Doch einige der erregten Zuschauer hielten die Pferde am Zaumzeug fest.

Der kniende Mann stand plötzlich auf und schritt auf die Kutsche zu. Haß stand in seinen Augen. »Tot! Umgebracht«, schrie er.

Die Heftigkeit seiner Bewegungen ließen den Marquis zum Schwert greifen.

»Entschuldigen Sie, Monsieur de Marquis«, sagte ein anderer, »aber es ist sein Kind.«

»Nun, was kümmert mich das. Könnt Ihr nicht besser auf eure Kinder achten und die Straße frei halten. Ich

hoffe nicht, daß meine Pferde sich verletzt haben. Hier, nehmt das.« Damit warf er verächtlich ein Goldstück in den Dreck.

Ein dunkelhaariger Mann eilte zu dem verzweifelt schluchzenden Vater und sprach tröstend auf ihn ein.

»Sei tapfer, Gaspard. Dein Kind starb ohne Schmerz. Das ist besser, als mit dem Schmerz von Hunger und Verzweiflung zu leben.«

»Welch kluge Worte«, der Marquis lächelte zynisch. »Wie heißt Ihr?«

»Defarge, der Weinhändler.«

Ein weiteres Geldstück fiel auf die Straße. »Das ist für Dich, Weinhändler. Und nun sorgt dafür, daß der Weg frei wird.«

Zufrieden lächelnd lehnte er sich zurück, das Zeichen zur Weiterfahrt gebend. Ein Goldstück flog in die Kutsche zurück, dicht an seiner Stirn vorbei.

Schimpfend lehnte er sich aus der fahrenden Kutsche: »Wer war das?«

Er schaute sich nach Defarge um, konnte aber nur den schluchzenden Vater und neben ihm eine strickende Frau sehen.

»Lumpenpack!« murmelte er.

Bei Sonnenuntergang erreichten sie ein Dorf und hielten, um die Pferde auszuwechseln. Der Marquis schonte weder Mensch noch Tier, und die Pferde waren erschöpft. Neugierige scharten sich um die Kutsche. Unter ihnen ein bärtiger Mann mit einer blauen Mütze. Der Marquis befahl ihm, näherzutreten. Er herrscht ihn an: »Bist du der Straßenarbeiter, an dem ich vorüberfuhr?«

»Ja, ich arbeite an der Steigung, kurz vor dem Dorf.«

»Wonach hast du so aufmerksam geschaut?«

Der Straßenarbeiter zögerte. »Ich sah nach dem Mann, der unter der Kutsche in den Ketten hing.«

»Ein Mann! Wer war es? Hast du ihn erkannt?«

»Nein Herr, er stammt wohl nicht aus dieser Gegend. Ich habe ihn noch nie gesehen. Er ist davongelaufen, als die Kutsche auf der Berghöhe für einen Moment hielt.«

»Geh mir aus den Augen, du Dummkopf!« Der Marquis verlangte vom Dorfvorsteher, sich um diese Angelegenheit zu kümmern.

Er war in Eile, da er sich am Abend auf seinem Landschloß mit seinem Neffen treffen wollte. In raschem Galopp ging es weiter, und nach einer weite-

ren Stunde erreichten sie das Schloß. »Ist mein Neffe Charles Darnay aus England angekommen?« – »Noch nicht, Monseigneur.«

Er saß gerade zu Tische, als ihm die Ankunft von Charles gemeldet wurde. Nach einer Weile trat Charles ein und begrüßte seinen Onkel. Der Marquis bat ihn, sich zu setzen, und fragte ohne Umschweife: »Warum seid Ihr hier?«

»Sir«, antwortete Charles, »ich bin gekommen, um Ihnen zu sagen, daß ich mich von meiner Familie losspreche. Ich muß erkennen, daß mein Vater, Euer Zwillingsbruder und Ihr, selbst unrecht getan habt. Ihr habt nur zu Eurem eigenen Vorteil gehandelt und andere dafür benutzt. Meine Mutter hat mich auf ihrem Totenbett angefleht, Eure Fehler wiedergutzumachen. Diesen Wunsch habe ich in den letzten Jahren befolgt. Ich verzichte auf meinen Besitz und werde in einem anderen Land, unter einem anderen Namen, für meinen Unterhalt arbeiten.« Der Marquis hatte dieser langen Rede unbeeindruckt zugehört. Jetzt stieß er ein hämisches Lachen aus. »Ha, ich nehme an, daß Ihr Euch in England niederlaßt. Kennt Ihr dort einen französischen Doktor? Er soll mit seiner Tochter in London leben.«

Verwundert antwortet Charles: »Ja, ich kenne die beiden. Warum fragt Ihr?«

Doch ohne eine weitere Erklärung beendete der Marquis die Unterhaltung. Er zog sich in seine Schlafkammer zurück. »Was für ein Tag«, murmelte er. Rückblickend ließ er den Tag noch einmal an sich vorüberziehen. Er lauschte in die stille Nacht hinaus und schlief dann ein. Auf leisen Füßen näherte sich ein Mann dem Schloß. Er schwang sich lautlos über das hohe Gittertor und schlich leise zum Fenster des Marquis. Niemand sah ihn, erst der nächste Morgen brachte Licht in sein Tun. Der Marquis lag tot in seinem Bett, ein Messer stak in seinem Herzen. Um den Griff war ein Zettel gerollt, auf dem geschrieben stand:

»Er war reif für seine Beerdigung, Jacques.«

Lucies Verehrer

Ein weiteres Jahr war vergangen. Charles Darnay hatte sich in England einen guten Namen als Lehrer und Übersetzer geschaffen.

Zielstrebig und gewissenhaft ging er seiner Arbeit nach. Er besuchte die Manettes häufig und fühlte sich mehr und mehr zu Lucie hingezogen.

So ersuchte er eines schönen Sommertages Dr. Manette um die Hand seiner Tochter.

»Ihre Augen haben mir längst verraten, wie sehr Sie Lucie lieben und verehren«, antwortete der Doktor auf seine Frage.

»Habt Ihr mit Lucie über Eure Liebe gesprochen?«

»Nein, Sir. Ich hielt es für meine Pflicht, erst mit

Euch zu sprechen. Vielleicht gibt es auch noch andere Bewerber.«

»Nun, Mr. Carton besucht uns oft.«

»Und ein weiterer wichtiger Grund führte mich erst zu Euch.« Charles zögerte. »Wie Ihr, bin ich ein freiwillig verbannter Franzose. Ich möchte Euch meinen wahren Namen und den Grund, warum ich in England lebe, mitteilen.«

Erschrocken wehrte Dr. Manette ab.

»Halt, bitte redet nicht weiter. Lucie soll ihre eigene Entscheidung treffen. Ich will sie nicht beeinflussen. Nur wenn Lucie Ihren Antrag annimmt, möchte ich von Ihrer Vergangenheit erfahren. Und nun gehen Sie bitte.« Dr. Manette sah sehr erschöpft und verstört aus.

Kurze Zeit später, als Lucie nach Hause kam, hörte sie ein seltsames Klopfen. Eine erschreckende Ahnung durchfuhr sie. Zitternd vor Angst öffnete sie die Tür zu seinem Arbeitsraum und fand ihn dort auf seiner Schuhmacherbank sitzend. Er arbeitete an einem Damenschuh.

Um ihn zu beruhigen, ging sie mehrere Stunden mit ihm auf und ab. Erst am frühen Morgen fand er einen erholsamen Schlaf. Auch Sydney Carton, den Dr.

Manette in seinem Gespräch mit Charles erwähnte, liebte Lucie. Doch fühlte er sich ihrer nicht wert. Sein Lebenswandel war der gleiche geblieben. Er trank zuviel und wäre ohne die Hilfe von Mr. Stryer wohl in der Gosse gelandet. Ohne Hoffnung, daß seine Liebe erwidert wurde, bat er Lucie um eine Unterredung.

»Miß Manette, es ist mir wichtig, Ihnen zu offenbaren, was ich für Sie empfinde und wie dankbar ich Ihnen bin. Mein Herz war starr und stumm. Kein erwärmendes Gefühl erreichte es, bis ich Ihnen und Ihrem Vater begegnete.

Ich liebe Sie, Miß Lucie! Ich möchte, daß Sie glücklich werden, und ich würde mein Leben dafür geben. Auch wenn ich nur das Dasein eines Taugenichts führe, bin ich bereit, es zu opfern, wenn es für Ihr Glück gefordert wird.«

»Aber könnte ich Sie nicht beeinflussen, Ihr Leben zu verändern, Mr. Carton?«

»Sie haben mich schon verändert, Miß Manette. Ich habe Ihnen heute meine tiefsten Gefühle mitgeteilt.

Etwas, das ich mit keinem anderen Menschen teile. Bitte geben Sie unser Gespräch nicht an Dritte weiter.«

Er zog ihre Hand an seine Lippen. »Ich möchte Ihnen

von Herzen danken. Ich bitte Sie nur, sich immer daran zu erinnern, daß ich stets für Sie da sein werde. Egal, wann Sie mich brauchen, ich will wie Ihr Schutzengel sein.«

Spione

In der Weinstube von St. Antoine war von der Unruhe, die auf der Straße herrschte, nur wenig zu spüren. Eine fast betäubende Ruhe lag in den Räumen. Nur sehr aufmerksame Beobachter konnten die geheimnisvollen Ereignisse, die dort vor sich gingen, beobachten. Die Spione, die der König ausgesandt hatte, waren hier gut bekannt. Geschickt spielte man ihnen einige Nachrichten zu, um sie von den wichtigen Dingen abzulenken.

So hatte niemand bemerkt, daß Ernest Defarge die Stadt bereits vor drei Tagen verlassen hatte.

Madame Defarge saß wie gewohnt hinter dem Tresen und bediente die wenigen Kunden. Gleichzeitig war sie mit ihrem Strickzeug beschäftigt, doch entging nichts ihren scharfen Augen. Fast teilnahmslos und kaum von

ihrer Arbeit aufsehend, registrierte sie die beiden Männer, die zur Tür hereinkamen.

Es waren ihr Mann und ein ihr fremder Begleiter, mit einer blauen Mütze auf dem Kopf. Ernest Defarge begrüßte seine Frau mit einem leichten Kopfnicken.

»Bring uns ein Frühstück und etwas Wein!« Mit einer Handbewegung deutete er auf den Mann neben sich. »Er ist ein Straßenarbeiter. Sein Name ist Jacques.« Beide ließen sich an einem Tisch nieder. Da es auf die Mittagszeit zuging, leerte sich die Weinstube bis auf zwei Männer. Mr. Defarge winkte sie an seinen Tisch und stellte sie dem Straßenarbeiter vor.

»Jacques zwei, Jacques drei«, und mit dem Finger auf seine Brust tippend: »Jacques eins. Ihr seid also Jacques vier.« Er erklärte dem Straßenarbeiter, daß Jacques das Losungswort ihrer Widerstandsbewegung sei.

Madame Defarge hatte ihre Handarbeit wieder aufgenommen und hörte ebenso wie die anderen dem Bericht des Straßenarbeiters zu.

»Es war im letzten Sommer, als ich Gaspard zum ersten Mal sah. Er hing in den Ketten unter der Kutsche des Marquis de Evremonte. Ich selbst mußte dem Marquis davon berichten. Doch wäre nichts über meine

Lippen gekommen, hätte ich gewußt, daß Gaspard dem Marquis seine gerechte Strafe zukommen lassen würde.«

»Wann hast du ihn wiedergesehen?« wollte Jacques der Dritte wissen.

»Ich sah ihn erst wieder, als er am Galgen hing. Monatelang war es ihm gelungen, sich vor den Soldaten zu verstecken, bis sie ihn schließlich stellten. Nun hängt er, als mahnendes Zeichen in der Mitte des Dorfplatzes, vierzig Fuß hoch. Wutentbrannt verließ ich das Dorf. Es war ein Platz des Verrates geworden, der Bürgermeister hatte wohl seine Finger mit im Spiel.«

Betroffenes Schweigen breitete sich am Tisch aus. Ernest Defarge räusperte sich: »Ihr habt gut daran getan, hierher zu kommen und uns davon zu berichten. Doch laßt uns jetzt für einen Moment allein, wir müssen uns beraten.« Nachdem der Straßenarbeiter die Runde verlassen hatte, stellte Jacques zwei den anderen die Frage: »Soll der Bürgermeister mit auf die Liste der Verräter, die wir vernichten werden? Diese Liste wird hoffentlich nie in die Hände unserer Feinde fallen.«

Er schaute zu Madame Defarge. »Ist sie wirklich sicher genug in Ihren Händen?«

»Seid unbesorgt, auch wenn meine Frau alle Namen auswendig lernen müßte – sie würde keinen einzigen vergessen. Sie strickt die Namen der Verräter in ein von ihr entworfenes Muster. Niemand außer ihr und mir kann es entziffern. Und keiner kann in den Maschen verloren gehen. Keiner wird sich der gerechten Strafe entziehen.«

Defarge hob sein Weinglas an: »Es lebe die Freiheit!«

Am nächsten Morgen erschien ein Fremder in der Weinstube.

Ernest Defarge hatte seiner Frau schon am Vorabend mitgeteilt, daß ein neuer Spion des Königs in St. Antoine gesehen worden war. John Barsard sei sein Name.

Der Fremde blieb am Tresen stehen und bestellte ein Glas Wein. Madame Defarge saß wie immer strickend hinter dem Ausschank. Sie legte ihr Strickzeug nieder und steckte sich eine Rose in das Kopftuch. Es war seltsam. Die Gespräche der Gäste wurden plötzlich leiser, und einer nach dem anderen verschwand.

»Ihr strickt an einem sehr interessanten Muster, Madame«, versuchte er ins Gespräch zu kommen.

»Ja, ich werde es wohl eines Tages gebrauchen«, gab

sie zurück, während ihre emsigen Finger J-O-H-N in das Gewebe strickten.

»Das Geschäft scheint schlecht zu gehen?«

»Nun«, sagte Madame Defarge, »wie sollten sich die armen Leute auch Wein leisten können.«

»Ja, und zudem werden sie auch noch schlecht behandelt. Findet Ihr nicht?« Er versuchte sie auszufragen. Doch Madame ging nicht in diese plumpe Falle. »Wenn Ihr meint! Mein Mann und ich haben genug Arbeit mit der Weinhandlung. Wir kümmern uns nicht um die Angelegenheiten anderer.«

Der Spion war verärgert, er wechselte zu einem anderen Thema. »Aber Ihr wißt doch bestimmt, daß der arme Gaspard hingerichtet wurde.« Madame gab unbeirrt zurück: »Wenn jemand einen anderen tötet, muß er damit rechnen, dafür zu büßen. Er wußte bestimmt, was er tat.« Vertraulichkeit bekundend, beugte sich der Spion über den Tresen.

»Hier in St. Antoine hatte er wohl viele Anhänger. Er war ein Held für die armen Leute, ist es nicht so?«

Die fleißigen Finger von Madame Defarge waren damit beschäftigt, ein B-A-R zu stricken. Mit einem »Da kommt mein Mann« überging sie seine Frage.

Ernest Defarge war von draußen hereingekommen und trat neben den Fremden. Ein kurzer Blick seiner Frau hatte genügt, um ihn über den neuen Gast zu informieren.

»Guten Tag, Jacques«, begrüßte ihn der Spion.

»Ihr scheint mich zu verwechseln. Mein Name ist Ernest Defarge.«

»Nun, wie dem auch sei«, der Spion unterdrückte seinen Unmut über den mißglückten Versuch. »Ihr seid ein sehr bekannter Mann, Monsieur Defarge.«

»Wenn dem so ist«, kam es ruhig zurück.

»Wie man sagt, seid Ihr ein getreuer Diener von Monsieur Manette gewesen. Ihr sollt ihm nach seiner Entlassung für eine gewisse Zeit Herberge gewährt haben. Ebenso kam seine Tochter in Begleitung eines englischen Gentlemans zu Ihnen. War es nicht so?«

»Ja, das ist wahr«, beantwortete Defarge seine Frage.

»Ihr steht noch in Verbindung mit Ihnen?«

»Nein, wir erhielten nur noch die Nachricht, daß sie wohlbehalten in England angekommen sind.«

»Dann wißt Ihr wohl überhaupt noch nicht, daß das Madchen sich bald verheiraten wird?«

Er beobachtete die beiden scharf. »Wie das Schicksal so spielt. Sie wird sich mit dem Neffen des ermordeten Marquis de Evremont vermählen. Er lebt in England unter dem Namen Charles Darnay.«

Spöttisch blickte er auf Ernest Defarge. Während Madame Defarge, ohne eine Reaktion zu zeigen, weiterstrickte, hatte ihn diese Nachricht überrumpelt.

Zwar versuchte er seine Betroffenheit zu überspielen, indem er sich an einem Nebentisch zu schaffen machte und eine Pfeife anzündete. Aber er konnte das nervöse Zittern seiner Hände nicht verstecken.

Der Spion bezahlte und verließ zufrieden die Weinstube. Einen kleinen Erfolg hatte er errungen.

»Sollte es wirklich wahr sein, was er über Lucies Hochzeit erzählte?« flüsterte Ernest Defarge seiner Frau zu.

»Ich hoffe für Lucies Glück, daß ihr Mann seinen Fuß nicht auf französische Erde setzt. Nicht, wenn die Revolution losbricht.«

»Es wird so kommen, wie es kommen muß«, erwiderte ruhig seine Frau.

»Ja, auch sein Leben wird den ihm vorbestimmten Verlauf nehmen. Aber ist es nicht sonderbar? Du wirst

den Namen Charles Darnay in die Liste stricken, und dort wird er neben dem Namen dieses schrecklichen Spions stehen.« Ernest Defarge schüttelte nachdenklich seinen Kopf.

Der Rückfall

Am Hochzeitstag von Lucie Manette und Charles Darnay schien die Sonne. Es waren nur Mr. Lorry und Miß Proß zu der kleinen Feier eingeladen, und sie standen wartend in der Vorhalle. Dr. Manette und Charles Darnay hatten sich zu einem privaten Gespräch in das Arbeitszimmer des Doktors zurückgezogen. Mr. Lorry stand bewundernd vor der schönen Braut. »Wie lange ist es her, daß ich Euch als kleines Kind über den Kanal nach England brachte. Welch eine Freude ist es für mich zu erleben, daß alles einen solch glücklichen Verlauf nahm.«

Die Tür des Arbeitszimmers öffnete sich. Mr. Lorry erschrak über das leichenblasse Gesicht des Doktors, als dieser nun seiner Tochter den Arm bot und sie zur

Kutsche führte. Die Trauung fand in einer kleinen Kirche statt, und das junge Paar brach im Anschluß daran in seine Flitterwochen auf.

Es schien, als ob den Doktor jede Kraft verließ, sobald die Kutsche um die Ecke bog und ihren Blicken entschwand.

Erschöpft ging er in das Haus zurück und schloß hinter sich die Tür seines Arbeitszimmers. Kurze Zeit später hörten Miß Proß und Mr. Lorry ein Hämmern.

»Gütiger Gott!« rief Miß Proß erschrocken, und sie eilten beide ins Arbeitszimmer. Dort saß Dr. Manette auf seiner Schuhmacherbank und arbeitete an einem Damenschuh.

»Dr. Manette. Mein lieber Freund«, redete Mr. Lorry ihn an. Der Doktor blickte für einen Moment halb fragend, halb ärgerlich auf und beugte sich dann wieder über seine Arbeit. Neun Tage lang saß er dort, nur durch kurze Schlaf- und Essenspausen unterbrochen. Am zehnten Tag bemerkte Mr. Lorry, der mit Miß Proß abwechselnd Wache bei ihm hielt, eine Veränderung.

Irritiert blickte der Doktor plötzlich auf, er blickte ungläubig auf das Werkzeug in seinen Händen. lang sam stand er auf und schritt im Zimmer auf und ab, bis

er sich schließlich Mr. Lorry gegenüber in seinen Lehnstuhl setzte. Schweigend saßen sie so für eine lange Zeit.

Angestrengt überlegte Mr. Lorry, wie er Dr. Manette ansprechen sollte. Bis er auf die Idee kam, ihn in seiner Eigenschaft als Arzt um Rat zu fragen. Vorsichtig seine Worte wählend, begann er das Gespräch. »Mein verehrter Dr. Manette, ich möchte Euch um ein Gutachten in einem merkwürdigen Fall bitten. Es handelt sich um einen lieben Freund, der für einige Zeit ein befremdliches Benehmen zeigte. Um seiner und seiner Tochter willen möchte ich Euch um Euren Rat fragen.«

Natürlich sprach er über Dr. Manette selbst, aber er wollte die belastende Schwere aus der Unterhaltung nehmen und sprach aus diesem Grund wie über eine dritte Person.

»Wenn ich Euch recht verstehe«, Dr. Manette sprach leise, »handelt es sich um eine geistige Störung.« — »Ja, mein Freund erlebte vor längerer Zeit einen schweren Schock. Er schien vollständig erholt, doch nun hat ein Rückfall stattgefunden.«

»Von welcher Dauer?« fragte der Doktor mit leiser Stimme. – »Neun Tage und Nächte!«

Erschrocken schaute Dr. Manette auf seine Hände. »Ihr spracht von einer Tochter, hat man sie davon benachrichtigt?«

»Nein«, erwiderte Mr. Lorry. »Es ist vor ihr geheimgehalten worden.«

Der Doktor ergriff erleichtert seine Hand. »Das war sehr umsichtig von Euch. Was Euren Freund anbetrifft, so denke ich, daß ein Ereignis in jüngster Zeit ihn an all die Schrecken seiner Leidenszeit erinnerte und es so zu einem Rückfall kam.«

»Würde es ihm wohl helfen, über all das, was ihn belastet, zu reden?«

»Ich glaube wohl, ist es auch in manchen Fällen eine Unmöglichkeit. Doch die Kürze des Anfalles spricht für eine langsame Heilung.«

»Es freut mich, dieses zu hören.« Erleichtert atmete Mr. Lorry auf. »Laßt mich bitte noch eine weitere Frage stellen. Mein guter Freund bewahrt das Werkzeug aus dieser für ihn so schrecklichen Zeit in seinem Arbeitszimmer auf. Wäre es nicht besser für ihn, man würde es entfernen und vernichten?«

Dr. Manette hielt seine Hand vor die Stirn, es entstand eine lange Pause. »Ihr müßt verstehen, daß dieses

Werkzeug wie ein guter Gefährte für ihn war«, sagte er.

»Ja, das sehe ich wohl. Aber ruft es nicht auch alte, schmerzhafte Erinnerungen wach?«

»Ihr habt wohl recht.« Deutlich war ihm der innere Kampf anzusehen. »So sei es denn, um seiner Tochter willen. Aber nehmt es nicht in seiner Gegenwart weg.«

Dieser Anweisung kam Mr. Lorry nach einigen Tagen nach. Dr. Manette hatte sich gut erholt und unternahm allein lange Spaziergänge. Miß Proß half Mr. Lorry bei seinem Vorhaben. Sie kamen sich wie Verbrecher vor, als sie so heimlich ans Werk gingen. Um alle Spuren zu beseitigen, zerhackten sie die Bank und verbrannten sie im Küchenofen. Die Werkzeuge vergruben sie im Garten unter den Büschen. Sie hofften, damit auch die dunklen Schatten der Vergangenheit zu begraben. Doch sollte ihnen das, wie die baldige Zukunft bewies, nicht gelingen.

Zwei Tage später kamen Lucie und Charles von ihren Flitterwochen zurück. Der erste Gast, der sich mit Glückwünschen einstellte, war Sydney Carton. Unverändert in Kleidung, Aussehen und Manieren bat er sie, in ihm einen Freund zu sehen. Lucie und Charles freuten sich darüber, hatten sie doch beide hinter seine

rauhe Schale gesehen. So wurde er ein häufiger und gerngesehener Gast. Besonders liebevoll war er zu dem kleinen Mädchen, das Lucie nach einem Jahr gebar.

Er brachte der kleinen Lucie viele Geschenke und spielte stundenlang mit ihr. Bei diesen Besuchen roch sein Atem nie nach Wein.

»Onkel Sydney« hatte sich mit der Zeit doch etwas verändert.

So vergingen sechs glückliche Jahre, bis zum Jahre 1789, in dem die Französische Revolution ausbrach.

Der Aufstand

Die Menschen in Saint Antoine hatten sich gegen ihre Unterdrücker erhoben. Der langsam gewachsene Widerstand war zu einem gewaltigen Sturm geworden, der im Juli 1789 losbrach. Die Straßen waren schwarz von Menschen, die in ihren Händen Waffen aller erdenklicher Art trugen. Musketen waren verteilt worden, und wer keine erhalten hatte, griff zum Messer oder zur Axt.

Frauen und Männer waren bereit, ihr Leben im Kampf für die Freiheit zu opfern.

Den Mittelpunkt dieses Gewühls bildete Defarges Weinstube. Wie ein Fels in der Brandung stand Ernest Defarge auf einem Tisch. »Halt dich in meiner Nähe, Jacques drei«, schrie er. »Ihr, Jacques zwei und vier,

geht an die Angriffsspitze. Wo ist mein Weib?« – »Hier bin ich«, rief Madame Defarge. Sie strickte nicht, sondern hielt eine Axt in ihren Händen. Im Gürtel trug sie eine Pistole und ein Messer. »Ich werde die Weiber anführen.«

»So kommt«, brüllte Ernest Defarge. »Patrioten und Freunde, wir sind bereit. Zur Bastille.«

Mit einem gewaltigen Gebrüll begann der Angriff auf die Gefängnismauern. Kanonen donnerten, Musketensalven krachten, die Sturmglocken läuteten, Feuer und Rauch zogen auf. Die wütende Masse warf sich mit einer solchen Wucht gegen die Gefängnistore, daß die dicken Balken wie Streichhölzer zerbarsten. Schon war die erste Zugbrücke in ihren Händen, und sie drangen ins Innere der Festung vor.

Nach vier Stunden bekundete eine weiße Fahne ihren Sieg. Ein ohrenbetäubender Jubel brach los, siegestrunken eilten sie von Zelle zu Zelle, um die Gefangenen zu befreien.

Defarge erfaßte mit starker Faust einen Aufseher. »Zeigt mir die Zelle einhundertundfünf im Nordturm.«

»Was wollt Ihr dort?« Jacques drei tauchte überraschend neben ihm aus dem Gewühl auf.

»Folgt mir!«

Der Wärter führte sie über dunkle Treppen, vorbei an greulichen Türen, zu einer niedrigen Holztür.

Sie mußten sich beim Eintreten tief bücken. Ein kleines vergittertes Fenster beleuchtete einen winzigen Raum. »Leuchtet mit der Fackel langsam die Wände ab«, befahl Defarge dem Wärter.

»Halt! Schau her, Jacques.«

»A. M.«, las Jacques.

»Alexander Manette. Hier, Jacques, hast du mein Messer, untersuche das Stroh.« Er selbst klopfte die Mauersteine ab und untersuchte die Innenseite des Kamins. Loser Mörtel fiel ihm entgegen, eine Mauerlücke wurde sichtbar. Seine Hand schob heimlich etwas unter sein Hemd. »Laß uns das Stroh und das Holz verbrennen, Jacques.«

Sie entfachten ein Feuer und verließen eilig die Zelle. Die wütende Menge hatte inzwischen ihr Werk in ein blutiges verwandelt. Offiziere, Soldaten und Aufseher wurden erbarmungslos ergriffen und getötet. Das aufgebrachte Volk wollte seinen Rachedurst stillen. Nicht nur in Paris hatten sich die Armen erhoben. In ganz Frankreich brannten die Schlösser und Paläste.

AM

Charles begibt sich in Gefahr

Das gewaltige Beben, das Frankreich durchschüttelte, ließ auch England nicht unberührt. Seit Ausbruch der Revolution waren drei Jahre vergangen. Frankreich hatte keinen König mehr, und viele Edelleute flohen nach London. Dort hatte sich die Tellson Bank zu einem beliebten Umschlagplatz für Neuigkeiten entwickelt. Das ruhige Bankgebäude war nun zu den Geschäftszeiten überfüllt mit französischen Landsleuten. Auch Charles Darnay befand sich häufig unter ihnen. An einem warmen Nachmittag im August saß er Mr. Lorry in dessen Büro gegenüber. Mr. Lorry sollte in den nächsten Tagen nach Paris reisen, um dort Geschäftsunterlagen sicherzustellen. »Ich wünschte, ich könnte an Eurer Stelle fahren«, sagte Charles. »Es

ist eine gefährliche Reise. Vielleicht wäre es mir möglich, zu dem aufgebrachten Volk zu sprechen. Schließlich bin ich ein geborener Franzose.«

»Ja, das seid Ihr. Und gerade darum tut Ihr gut daran, in England zu bleiben. Bedenkt doch! Ihr habt Frau und Kind.«

»Wann wollt Ihr aufbrechen, Mr. Lorry?«

»Heute abend noch!«

In diesem Augenblick trat ein Hausdiener an Mr. Lorrys Schreibpult und überreichte ihm einen Brief. Mr. Lorry betrachtete schulterzuckend die Anschrift. »Ich kenne diesen Herrn nicht.« Er wendete sich an Charles. »Ist Euch ein Marquis St. Evremont bekannt? Dieser Brief ist an ihn gerichtet.«

Erstaunt blickte Charles auf. »Ja«, sagte er. »Ich kenne diesen Herrn. Ich bin gerne bereit, ihm diesen Brief zukommen zu lassen.« Mit großen Schritten eilte er nach Hause und zog sich dort in seine Schreibstube zurück. Er öffnete den Brief und las. »Sehr verehrter Herr Marquis. Auf höchst unwürdige Art und Weise hat man mich nach Paris geschleppt und verhaftet. Stellvertretend für Euch bin ich angeklagt. Vergeblich versuche ich zu klären, daß Ihr nach dem Tode Eures

Onkels dem Volk keine Steuern mehr abverlangt habt. Ich werde wohl zum Tode verurteilt. Ich flehe Sie an, mir zu helfen.

Euer treu ergebener Diener, Gabelle.«

Der Wunsch Charles', nach Frankreich zu reisen, wurde durch diesen Hilferuf seines Dieners entscheidend bestärkt. Ohne lange zu zögern, bereitete er alles für eine heimliche Abreise vor. Noch in der gleichen Nacht saß er an seinem Schreibpult und schrieb ein paar Abschiedszeilen an Lucie und ihren Vater.

Am nächsten Morgen nahm er die Postkutsche nach Dover und setzte von dort nach Calais über. Er hatte noch nicht viele Wegstunden in seinem Vaterland zurückgelegt, als ihm das volle Ausmaß der Gefahr, in der er schwebte, bewußt wurde. Jeder Schlagbaum, der sich hinter der Kutsche schloß, schob sich zwischen ihn und England. Die Kontrollen waren gewaltig. Sie konnten kein kleines Dorf passieren, ohne nicht ihre Papiere zeigen zu müssen.

An den Toren von Paris forderte man Charles Darnay auf, die Kutsche zu verlassen. Er wurde in die Kontrollstation geführt und stand mehreren Soldaten und bewaffneten Bürgern gegenüber.

Sie trugen alle die roten Mützen der Revolution, mit langen weiß, blau und rot gefärbten Federn daran.

»Bürger Defarge«, fragte der Soldat, der ihn in die Station geführt hatte, »ist dies der Emigrant Evremonde.«

»Ja!« Ein dunkelhaariger Mann trat vor, spöttisch sagte er: »Dies ist Evremonde. Auf seinem Weg zum Gefängnis La Force.«

»Gerechter Himmel«, rief Charles. »Nach welchem Gesetz und wegen welcher Vergehen?«

»Wir haben neue Gesetze in Frankreich.«

»Ich bitte Euch zu bemerken, daß ich aus freiem Willen hier bin. Der Hilferuf eines ehemaligen Dieners hat mich dazu bewogen. Ich verlange nichts als die Gelegenheit, Zeugnis für ihn abzulegen. Habe ich dazu kein Recht?«

»Emigranten haben keine Rechte, Evremonte. Und nun folgt mir.« Defarge schritt voran.

Als sie draußen alleine in der Nähe der Pferde standen, fragte Ernest Defarge leise: »Seid Ihr mit der Tochter von Dr. Manette verheiratet?«

»Ja, das bin ich«, gab Charles erstaunt zurück.

»Nun, ich bin der Weinhändler, der Dr. Manette für

kurze Zeit beherbergte. Vielleicht habt Ihr schon von mir gehört?«

»Ja, meine Frau kam in Eure Weinstube, um ihren Vater abzuholen. Sie erzählte es mir.«

»Im Namen jener scharfen, neugeborenen Frau, die man La Guillotine nennt, warum seid Ihr nach Frankreich zurückgekehrt?«

»Ich habe Euch in der Wachstube die Wahrheit erzählt. Durch ein gerechtes Verfahren werde ich meine Unschuld beweisen können.«

Ernest Defarge warf ihm einen halb nachdenklichen, halb spöttischen Blick zu: »Ihr werdet sehen. Viele Menschen sind schon unschuldig in den Gefängnissen begraben.«

»Darf ich eine Bitte an Euch richten, Monsieur Defarge? Es ist für mich von höchster Wichtigkeit, Mr. Lorry von der Tellson Bank über meine Verhaftung zu informieren. Könnt Ihr ihm eine Botschaft überbringen?«

»Nein«, versetzte Defarge störrisch. »Ich werde nichts für Euch tun.«

Das Messer der Revolution

Die Geschäftsräume der Tellson Bank befanden sich in einem fürstlichen Haus. Heimlich hatte sich der Besitzer in den Kleidern seines Koches davongestohlen.

Im Hof war ein großer Schleifstein aufgestellt. Hier wurden die Messer geschärft, die ein blutiges Handwerk verrichteten.

Mr. Lorry hatte die schweren Vorhänge zugezogen, um die grausigen Bilder nicht mehr länger mitansehen zu müssen.

»Gott sei Dank«, stieß er aus, »daß niemand, der mir nahe steht, sich in dieser schrecklichen Stadt befindet.« Bald danach ging die Glocke, und er hörte hastige Schritte, die sich seinem Büro näherten. Die Tür ging auf. Er fuhr erstaunt zurück. Lucie und ihr Vater stan-

den auf der Türschwelle. »Was ist vorgefallen? Was tut Ihr in Paris«, rief er erschrocken aus.

»Charles ist hier«, schluchzte Lucie, »ohne unser Wissen ist er vor drei Tagen aufgebrochen. Er hinterließ eine Nachricht, daß er einem treuen Diener helfen müsse. Wir haben erfahren, daß er nach La Force gebracht wurde.«

Der alte Mann stieß einen unterdrückten Schrei aus. »Dann seid auch Ihr in Gefahr.«

Er bemühte sich um Fassung und bat Lucie in einen Nebenraum. »Bitte ruht Euch aus, ich wünsche mit Eurem Vater für ein paar Minuten alleine zu sein.«

Behutsam schloß er die Tür und trat neben Dr. Manette, der am Fenster stand. Er hatte die Vorhänge zur Seite geschoben und beobachtete die Schleifarbeiten.

»Mein lieber Freund«, sagte Dr. Manette. »Niemand in dieser Stadt wird eine Waffe gegen mich richten. Mein altes Unglück wird mir helfen. Die Menschen werden auf mich hören, und vielleicht gelingt es uns, Charles zu befreien.«

Ohne Zögern eilte er nach draußen und sprach zu der Menge im Hof. Mr. Lorry stand angsterfüllt am Fenster. Doch bald hörte er Rufe wie: »Rettet den Gefange-

nen Evremonde. Auf nach La Force.« Er sah, daß Dr. Manette sich den so gefährlich aussehenden Gestalten anschloß. Mit schwerem Herzen ging er zu Lucie, um ihr mitzuteilen, daß ihr Vater sich auf dem Weg nach La Force befand.

Es vergingen bange Stunden des Wartens.

Zwei Tage waren vergangen. Lucie, ihr Kind und Miß Proß hatten eine kleine Wohnung in der Nähe des Bankgebäudes bezogen.

Mr. Lorry konnte mit seiner Arbeit gar nicht recht vorwärtskommen. Mit trüben Gedanken saß er an seinem Schreibpult, als ein dunkelhaariger Mann in sein Büro trat.

»Kennt Ihr mich, Mr. Lorry?«

»Ich muß Euch schon irgendwo gesehen haben.«

»Vielleicht in meiner Weinschenke.«

Voller Spannung und Erregung fragte Mr. Lorry: »Habt Ihr Nachricht von Dr. Manette, Monsieur Defarge?«

»Ja, ich komme von Dr. Manette. Er hat mich gebeten, eine Botschaft zu übermitteln.« Defarge reichte ihm einen Zettel. Mr. Lorry las. »Charles ist wohlbehalten, aber ich muß mich weiterhin in seiner Nähe aufhalten.

Der Überbringer dieser Zeilen trägt einen Brief von Charles für Lucie mit sich. Laßt ihn zu ihr.«

Mit einem tiefen Aufatmen hatte Mr. Lorry die Zeilen gelesen. »Kommt, Monsieur Defarge, ich begleite Euch zu Lucie.«

Sie gingen miteinander in den Hof hinunter. Dort fanden sie Madame Defarge, heute wieder mit ihrem Strickzeug bewaffnet. Mr. Lorry hatte sie damit schon vor siebzehn Jahren gesehen.

»Meine Frau kommt mit uns. Sie soll in der Lage sein, Personen und Gesichter wiederzuerkennen. Es geschieht um deren Sicherheit willen«, sagt Ernest Defarge.

Das ist etwas sonderbar, dachte Mr. Lorry auf dem Weg zu Lucies Wohnung.

Sie fanden Lucie alleine, tiefe Spuren des Schmerzes auf ihrem Gesicht. Sie erkannte Madame Defarge und ihren Mann sofort. Beglückt nahm sie den Brief entgegen, es waren nur einige hastig geschriebene Worte. »Meine liebe Frau, faße Mut. Ich bin wohlauf. Dein Vater steht mir zur Seite. Küsse unser Kind in meinem Namen.«

Lucie wandte sich voller Dankbarkeit an Madame

Defarge. Aber die Hand, die sie ergriff, war kalt und ohne Gefühl. Erschrocken hielt Lucie inne und schaute Madame Defarge an. Ein starrer, teilnahmsloser Blick traf sie.

Derselbe düstere Blick fiel auch auf Miß Proß und die kleine Lucie, welche in diesem Moment in das Zimmer traten. Angstvoll kniete Lucie neben ihrem Kind nieder und drückte es an ihre Brust. Es schien ein kalter Wind durch den Raum zu wehen. Nur Miß Proß sah Madame Defarge unerschrocken in die Augen.

»Als Gattin und Mutter flehe ich Euch an, uns zu helfen«, rief Lucie aus. »Auch Ihr seid eine Frau, habt Mitleid.«

»Wir haben eine Zeit gesehen, in der wenig Rücksicht auf Frauen und Kinder genommen wurde. Man warf die Männer in Gefängnisse und ließ ihre Familien in Armut, Hunger und Elend zurück. Nein, von mir könnt Ihr keine Hilfe erwarten.« Madame Defarge nickte ihrem Mann zu. »Komm, ich hab' genug gesehen.« Beide verließen die Wohnung. Laut fiel die Tür ins Schloß.

Dr. Manette kehrte erst zwei Tage nach diesem Vorfall zurück. Er konnte Lucie die frohe Botschaft brin-

gen, daß Charles am Leben sei und einem Richter vorgeführt werden würde. Viele andere Dinge hielt er vor ihr geheim.

Hatte er doch miterlebt, daß andere Gefangene hingerichtet wurden, ohne einem richtigen Richter gegenübergestanden zu haben.

Das Volk hatte die Herrschaft übernommen. Auf ihren Fahnen standen die Worte: »Freiheit, Gleichheit, Brüderlichkeit.« Der lang angestaute Haß gegen die Reichen entlud sich nun, und viele von ihnen fanden durch »La Guillotine« den Tod. Eine sonderbare Veränderung war mit Dr. Manette vor sich gegangen. Fest und unerschüttert stand er nun Lucie zur Seite. Es schien, als ob sein langes Leiden nun einen Sinn bekam und ihm Kraft gab.

Er begann im Gefängnis La Force als Arzt zu arbeiten und konnte so manche Botschaft von Charles überbringen.

Eines Tages zeigte er der unglücklichen Lucie eine Stelle auf der Straße, von der es möglich war, Charles' Kerkerfenster zu sehen. Dort verbrachte sie jeden Tag zwei Stunden. Wenn sie selber auch Charles nicht erblicken konnte, so hoffte sie doch, daß er sie sah.

Es war eine dunkle Straßenecke, an der Lucie täglich zur gleichen Zeit stand. Sie fiel einem Holzhacker auf, der dort in einer schmutzigen Werkstatt sein Handwerk betrieb. Am dritten Tag sprach er sie an.

»Guten Tag, Bürgerin.«

»Guten Tag, Bürger.«

Diese Art der Anrede war jetzt vorgeschrieben. Es war Gesetz für jedermann. So wurden Standesunterschiede verwischt, es gab nur noch Bürger und Bürgerinnen. »Gleichheit, Freiheit und Gerechtigkeit für alle.«

»Wieder hierher einen Spaziergang gemacht, Bürgerin?«

Der Holzhacker drehte sich zu den Gefängnismauern um. Er hielt seine zehn Finger wie ein Gitterwerk vor sein Gesicht und blickte Lucie mit einem teuflischen Grinsen an.

»Geht mich ja nichts an«, sagte er und ging seiner Arbeit nach.

Jeden Tag beobachtete er Lucie heimlich. Er sah, wie sie nie den Platz verließ, nicht ohne eine Kußhand zu einem der Kerkerfenster geworfen zu haben.

Sydney Carton greift ein

Ein Jahr und drei Monate vergingen, bis Charles Evremonte, genannt Darnay, dem Richter vorgestellt wurde.

Charles wurde als Emigrant angeklagt. Nach dem neuen Gesetz waren alle zurückgekehrten oder aufgegriffenen Emigranten zum Tode verurteilt. »Zur Guillotine mit ihm«, rief das Publikum aufgebracht. »Ein Feind der Republik.«

Der Richter sorgte für Ruhe und fragte den Gefangenen, warum er Frankreich verlassen habe. »Ich wollte nicht auf Kosten des Volkes leben«, sagte Charles. »In England habe ich durch meinen eigenen Fleiß für meinen Unterhalt gesorgt.«

»Ihr habt in England geheiratet?«

»Ja, aber ich heiratete eine Bürgerin von Frankreich.

Ich bin mit Lucie Manette, der Tochter von Doktor Manette, vermählt.«

Diese Antwort machte einen günstigen Eindruck auf die Zuhörer. Jubelnde Rufe zu Ehren des wohlbekannten Arztes wurden laut. Dr. Manette erhob sich bedankend. Der Richter rief ihn als Zeugen auf. Des weiteren wurde auch Theophile Gabelle, Charles' treuer Diener, befragt.

Es war eine kurze Verhandlung, und Charles Evremonde verließ als freier Mann den Gerichtshof.

Doch bevor er sich an diese neue Freiheit gewöhnen konnte, fiel ein neuer Schatten über ihn.

Er saß an diesem Nachmittag überglücklich mit Lucie und Dr. Manette vor einem wärmenden Kaminfeuer, als mit harter Hand gegen die Tür geklopft wurde.

Außer sich vor Angst rief Lucie: »Was kann das sein? Versteck Dich, Charles!«

»Nur ruhig, mein Kind«, sagte Dr. Manette. »Ich habe ihn ja schon gerettet. Laß mich zur Tür gehen.« Mit ruhigem Schritt ging er durch den Raum und öffnete. Vier Männer mit den roten Mützen der Revolutionäre und entsicherten Pistolen drängten hinein.

»Wir suchen den Bürger Evremonde«, rief einer von ihnen. »Er ist erneut Gefangener der Republik.« Ungläubig über das soeben Gehörte, standen sie da. Lucie hielt Charles' Arm umklammert. Ein leises Wimmern entstieg ihrer Kehle.

»Wie lautet die Anklage?« Dr. Manette hatte seine Stimme wiedergefunden.

»Er ist von einem Bürger in Saint Antoine angeklagt«, lautete die Antwort.

»Von wem?« Der Doktor richtete seinen Blick auf den Sprecher. »Von wem?« fragte er noch einmal.

Dieser schaute auf seine Füße, unruhig rieb er sich den Bart und sagte dann endlich: »Es ist eigentlich gegen die Regel, aber die Anklage geht von dem Bürger Defarge und der Bürgerin Defarge aus. Und von einer dritten Person.«

»Wer ist dieser Dritte?«

»Mehr kann und will ich nicht sagen. Ihr werdet alles weitere morgen erfahren.« Sie nahmen Charles in ihre Mitte und führten ihn ab.

Miß Proß war in dieser Zeit zum Einkaufen. Der Diener von Mr. Lorry, Jerry, begleitete sie, um ihre schweren Taschen zu tragen. Nachdem sie einige

Eßwaren besorgt hatten, gingen sie in einen Weinladen, um Wein zu kaufen. Ohne auf die Anwesenden zu achten, traten sie an den Schenktisch und deuteten durch Zeichensprache das Gewünschte an.

Während sie darauf warteten, daß der Wein abgefüllt wurde, stand einer der Gäste auf. Er bezahlte und schritt zum Ausgang. Dabei kam er an Miß Proß vorbei.

Als Miß Proß ihn sah, stieß sie einen lauten Schrei aus und schlug die Hände vor Überraschung zusammen.

»O Salomon, lieber Bruder«, rief sie laut aus, »daß ich dich hier wiedersehe.«

Die rote Mütze tiefer ins Gesicht ziehend, zischte ihr dieser leise zu: »Nenn mich nicht Salomon. Willst du mich ans Messer liefern?«

»Daß du mich so begrüßt!« Miß Proß war verletzt.

»Sei nun still und komm mit nach draußen«, zischte ihr Bruder.

Die neugierigen Blicke der anderen Gäste brannten in seinem Rücken. Auch auf der Straße fand er keinen freundlichen Ton. Miß Proß fing an zu weinen.

»Wie herzlos von Dir, freust du Dich denn überhaupt nicht, mich wiederzusehen?«

»Nein, deine Anwesenheit ist mir schon längst bekannt. Ich bin genau über die Vorgänge in der Stadt informiert. Geh du deinen Weg, ich hab' den meinen zu gehen. Ich stehe als Gefängniswärter im öffentlichen Dienst.«

Mr. Lorrys Diener hatte bisher schweigend die Situation beobachtet. Mißtrauisch musterte er den Mann, den Miß Proß mit dem Namen Salomon angesprochen hatte.

»Darf ich so frei sein, mir eine Frage zu erlauben, Sir. Heißt Ihr John Salomon oder Salomon John?«

»Wozu wollt Ihr das wissen?« Argwöhnisch wendete sich Salomon ihm zu.

»Ihr kommt mir so bekannt vor. Aber damals habt Ihr einen anderen Namen benutzt. Wie lautete er denn noch?« Der Diener überlegte laut. »John . . .?« – »John Barsad«, fiel plötzlich eine andere Stimme ein. Der Sprecher, der sich so unverhofft in die Unterhaltung mischte, war Sydney Carton. Er stand, die Hände tief in seine Hosentaschen geschoben, hinter ihnen. Unbekümmert, ja fast gelangweilt, wie bei der Gerichtsverhandlung in London, gab er sich.

Mit einer freundlichen Verbeugung zu Miß Proß

sagte er: »Erschreckt nicht, ich bin gestern abend angekommen. Nur Mr. Lorry weiß bisher, daß ich mich in Paris aufhalte. Ich wollte mich hier nützlich machen, und wie ich sehe, bin ich zum rechten Zeitpunkt gekommen.«

Er wandte sich an Salomon. »Monsieur oder Mister Barsad, Ihr habt unter einem falschen Namen als Zeuge ausgesagt. Wie darf ich das verstehen?«

Der Angesprochene fühlte sich in die Enge getrieben. Er stand sprungbereit da. Sydney Carton fuhr fort: »Mr. Barsad, ich möchte Euch bitten, mit mir in die Geschäftsräume der Tellson Bank zu kommen. Ich wünsche eine Erklärung von Euch.«

»Droht Ihr mir?«

»Oh, hab' ich etwas Derartiges gesagt?« Sydney Carton wippte lässig auf seinen Zehenspitzen auf und ab. Er wußte, daß er alle Trümpfe in der Hand hielt. Und Salomon wußte es auch.

Er warf seiner Schwester einen bösen Blick zu und begleitete Mr. Carton.

Mr. Lorry nickte Sydney Carton bei dessen Eintreten freundlich zu. Erstaunt blickte er auf den Begleiter seines Assistenten. Das Gesicht war ihm nicht unbekannt.

Sydney stellte ihm den Herrn vor. »Der Bruder von Miß Proß, Sir. Salomon Proß, alias John Barsad!«

»Salomon Proß, John Barsad?« wiederholte Lorry verwirrt.

»Ja, dieser Herr hier liebt es, seine Namen zu seinem Vorteil zu verändern. Doch soll es in diesem Falle auch zu unserem Nutzen sein. Wie ich eben von ihm erfahren habe, ist Charles Darnay erneut verhaftet worden.«

»Was sagt Ihr da?« Voller Bestürzung hatte Mr. Lorry ihm zugehört. »Das kann nicht sein. Ich habe ihn doch erst vor zwei Stunden gesehen.«

»Wann geschah es, Mr. Barsad?«

»Vor kurzer Zeit. Es besteht kein Zweifel darüber.« Mr. Lorry rang um seine Fassung. Wie mußte dieser Schlag Lucie und Dr. Manette getroffen haben. Voller Abscheu schaute er diesen zwielichtigen John Barsad an. »Was wißt Ihr darüber?«

»Die Verhandlung soll morgen stattfinden. Mehr ist mir nicht bekannt.«

Mr. Carton mischte sich ein. »Ich hoffe, daß der gute Einfluß von Dr. Manette Charles auch ein zweites Mal wieder helfen wird. Ansonsten sind wir auf die Hilfe

von Ihnen angewiesen, Mr. Barsad. Sagten Sie nicht, daß Sie im Gefängnis La Force arbeiten?«

»Ihr könnt mich zu nichts zwingen.«

»Nein, das kann ich nicht. Aber betrachtet doch bitte Eure Lage, Mr. Barsad.« Sydney Carton unterbrach sich und fragte Mr. Lorry, ob er einen Schluck Wein für ihn hätte. Ohne Zögern stellte dieser eine Flasche auf den Tisch. Mr. Carton setzte sich und trank in aller Ruhe ein Glas. Fast schien es so, als habe er den Spion vergessen.

»Betrachtet Euer Spiel genau. Ihr braucht Euch nicht zu beeilen.« Damit schenkte sich Sydney Carton ein weiteres Glas ein.

Barsad wußte, daß es schlecht um ihn stand. Er hatte in England als Spion gearbeitet. Häufig war er als gekaufter Zeuge vor Gericht erschienen.

Nach vielen mißglückten Zeugenaussagen mußte er schließlich das Land verlassen.

Darauf hatte er seine Dienste den Franzosen angeboten. Im Auftrag des Königs betrieb er seine Spionagegeschäfte weiter. Und nun, nach der Revolution, war er zur anderen Seite umgeschwenkt.

Er verstand es wirklich, seine Fahne mit dem Wind

zu drehen. Das alles ging ihm durch den Sinn. Die strickenden Hände von Madame Defarge tauchten in seinen Gedanken auf. Er erinnerte sich sehr gut an den Tag, wo er versucht hatte, sie auszuhorchen. Jedesmal, wenn er sie sah, fürchtete er, sie würde ihn wiedererkennen. Wieviel von alledem wußte Sydney Carton? Der saß, für ihn undurchschaubar, am Tisch und trank ein Glas nach dem anderen. Was wäre, wenn dieser Mann den Bürgern der Republik die Wahrheit über seine Person mitteilen würde. John Barsad konnte die aufgebrachten Menschen sehen, die seinen Tod forderten. Nein, seine Karten standen nicht gut. Sein Spiel war ausgespielt. Laut sagte er: »Ich sehe, ich bin in Eurer Hand, Mr. Carton. Was sind Eure Bedingungen? Doch verlangt nicht zuviel von mir. Ich bin nur ein einfacher Gefängniswärter im La Force.«

»Im Moment möchte ich nur wissen, ob Ihr Zugang zu allen Zellen habt. Auch zu der von Charles Darnay?«

»Ja, alle Schlüssel sind mir zugängig. Aber Ihr wollt doch nicht . . .!«

Mr. Carton unterbrach ihn. »Das laßt meine Sorge sein. Ihr sollt zur rechten Zeit mehr erfahren. Für heute

seid Ihr entlassen.« Der Spion suchte eilig den Ausgang. Sydney wandte sich an Mr. Lorry. »Mehr können wir zur Zeit nicht tun. Fragt mich nicht nach meinen Plänen. Es ist besser, Ihr wißt nichts davon. Und nun entschuldigt mich bitte. Ich habe noch eine Besorgung zu tätigen. Wir werden uns bei der morgigen Verhandlung sehen.«

Mr. Lorry sah erschöpft aus. Die Teilnahme für seinen Liebling Lucie und der schwere Schlag dieser zweiten Verhaftung hatten ihn ermüdet. »Ich werde zu Lucie gehen. Sie muß heute abend ganz trostlos sein«, sagte er.

Sydney Carton begleitete Mr. Lorry zum Haus der Manettes. Sie verabschiedeten sich vor der Haustür. Für einen Augenblick lag seine Hand auf der Türklinke. »Hier ist sie herausgekommen«, murmelte er leise. »Und diesen Weg hat sie eingeschlagen. Sie muß diese Steine oft betreten haben. Ich will ihren Fußspuren folgen.«

Der Weg führte ihn zum La-Force-Gefängnis. Sinnend blieb er stehen und betrachtete den düsteren Bau. Dann ging er mit festem Schritt weiter und suchte eine Apotheke auf. Er legte einen Zettel auf den Ladentisch.

»Ei«, sagte der Apotheker und pfiff leise vor sich hin, als er das Blättchen las.

»Für Euch, Bürger?« – »Ja!«

»Wißt Ihr damit umzugehen? Ihr kennt doch wohl die Folgen, wenn die Zutaten vermischt werden. Seid vorsichtig damit.«

Sydney Carton nickte: »Sicher, die Wirkung ist mir bekannt.« Mehrere kleine Päckchen wurden ihm überreicht. Er steckte sie sorgfältig in seine Rocktaschen.

Dr. Manetts Zeugnis

»Charles Evremonde, genannt Darnay. Gestern in Freiheit gesetzt, gestern wieder angeklagt und erneut verhaftet. Drei ehrenwerte Bürger haben ihn als Feind der Republik beschuldigt«, so lautete die Anklage.

»Wer sind die Kläger?« wollte der Präsident wissen.

Der Vertreter des Volkes fuhr fort: »Ernest Defarge, seine Frau Therese Defarge und – der Volksvertreter machte eine bedeutungsschwere Pause . . . und Dr. Alexander Manette.« Die Zuhörer erhoben sich mit einem erstaunten Aufschrei von ihren Sitzen. Auch Dr. Manette war aufgesprungen. »Niemals, Ihr wißt, der Angeklagte«, er deutete auf Charles, »ist der Gatte meiner Tochter. Wo ist der elende Verräter?«

»Hört, was kommen wird, und verhaltet Euch inzwischen ruhig. Ruhe im Gerichtssaal. Ernest Defarge, tretet vor!«

Dr. Manette sank auf seinen Stuhl zurück. Hilfesuchend und unterstützend zugleich ergriff er Lucies Hand, die zwischen ihm und Mr. Lorry saß. Ernest Defarge wurde verhört.

Er erzählte, daß er als junger Mann im Dienste von Dr. Manette stand. Auch nach dessen Entlassung aus der Gefangenschaft hätte er ihm zur Seite gestanden. Der Präsident ließ ihm für seine Erklärung nicht lange Zeit. »Kommt zur Sache, Bürger Defarge. Was geschah, als ihr so siegreich die Bastille La Force erobert habt?«

»Ich ließ mich von einem der Wärter zur Zelle Hundertundfünf im Nordturm führen. Dort untersuchte ich den Raum gründlich und fand im Kaminloch beschriebene Papiere. Sie trugen die Handschrift des Doktors. Ich nahm sie an mich.«

»Man lese vor.« Totenstille lag im Raum.

»Ich, Alexander Manette, schreibe diese traurigen Zeilen in einer Gefängniszelle. Ich werde sie in der Kaminwand verbergen, vielleicht wird eine mitleidige

Seele sie finden, wenn ich mit meinem Schmerz in Staub zerfallen bin.

Man schreibt das Jahr 1767, noch bin ich im Besitz meiner geistigen Kräfte. Zehn Jahre seit meiner Gefangennahme sind vergangen, und ich sehe die ersten Zeichen einer Verwirrung meines Verstandes.

Am 22. Dezember 1757 befand ich mich auf dem Rückweg von einem Krankenbesuch. Zwei Männer verstellten mir den Weg. Sie forderten mich auf mitzukommen. Ihr Benehmen war gebieterisch, und sie führten Waffen mit sich. Was sollte ich tun?

In der Kutsche bemerkte ich, daß sich die beiden in Größe, Haltung und Stimme sehr ähnelten. Es waren Zwillingsbrüder. Sie brachten mich zu einem Landsitz, der eine knappe Stunde von Paris entfernt lag. Dort führte man mich zu einem Patienten. Es handelte sich um eine junge, sehr schöne Frau, die an einer Gehirnhautentzündung litt. Ihre Arme waren mit Tüchern und Schärpen an den Leib gebunden. An einer Galaschärpe mit Fransen fiel mir eine feine Stickerei auf. Der Buchstabe E und das Wappen eines Adeligen waren zu sehen. Die Kranke befand sich im Fieberwahn. Unablässig murmelte sie. ›Mein Mann, mein Vater und mein

Bruder.‹ Dann zählte sie bis zwölf und sagte ›Pst.‹ Für einen Augenblick schien sie zu lauschen und begann dann wieder von vorn.

›Wie lange dauert dies schon?‹ fragte ich.

›Seit gestern abend um diese Zeit.‹

›Sind Sie mit ihr verwandt?‹ Die Antwort war ein zutiefst verächtliches Nein.

›Meine Herren, hätte ich gewußt, um was es sich handelt, so wäre ich jetzt besser ausgerüstet. Die nötigen Arzneimittel fehlen.‹ Die beiden Brüder sahen sich an und erklärten dann stolz, es gebe eine Hausapotheke. Eilig schafften sie eine kleine Kiste herbei, in der sich einige starke Betäubungsmittel fand.

Mit großer Mühe gelang es mir, der Patientin ein paar Tropfen einzuflößen. Sie wurde ruhiger, doch murmelte sie unentwegt weiter. Eine halbe Stunde mag ich wohl an ihrem Bett zugebracht haben, als einer der Brüder sagte: ›Es ist noch ein Patient da.‹

Über eine Treppe wies er mir den Weg zu einer einfachen Kammer. Auf einem Bündel Stroh lag ein junger Bauernbursche. Er zählte höchstens siebzehn Jahre. Seine eiskalten Hände lagen verkrampft über einer klaffenden Wunde in seiner Brust.

›Ich bin ein Doktor‹, gab ich ihm zu verstehen, ›laß mich dich untersuchen.‹ –›Nein‹, antwortete er, ›ich brauche keine Untersuchung mehr.‹

Das Leben wich aus ihm. Ich konnte nichts mehr für ihn tun. ›Was ist geschehen?‹ fragte ich.

›Ein verrückter Hund. Ein Diener. Er bedrohte meinen Bruder, dafür mußte er bestraft werden. Er fiel im Kampf‹, sagte der Adelige. Keine Spur von Mitleid oder Bedauern lag in seiner Stimme. Es war, als ob über ein Stück Vieh gesprochen würde. Der Todkranke raffte sich auf: ›Doktor, sie sind sehr stolz, die Reichen. Sie plündern und beschimpfen uns. Doch auch wir haben unser Ehrgefühl.‹

Die Rufe der Kranken unter uns waren auch hier zu hören. Mit schmerzverzerrtem Gesicht lauschte der Junge für einen Augenblick. ›Habt Ihr sie gesehen‹, seine Stimme brach und er sammelte mühsam neue Kräfte. Ich nickte. ›Sie ist meine Schwester. Vor einiger Zeit vermählte sie sich mit einem braven jungen Mann, einem seiner Pächter. Auch einer der Armen, die er wie Hunde behandelt.‹

Seine Augen hefteten sich auf seinen Herrn. ›Sein Bruder sah meine Schwester und fand Gefallen an ihr.

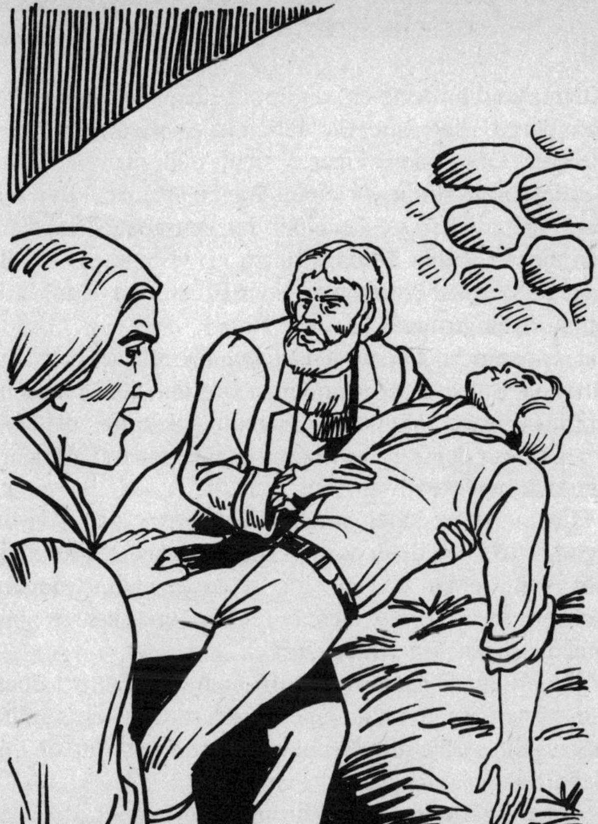

Kurzerhand forderte er von ihrem Ehemann, daß er sie ihm borge. Eine Sitte, die üblich ist – wir haben keine Rechte. Doch sie weigerte sich, und man ließ, als Strafe, ihren Mann vor einen Wagen spannen. Bei Tag und Nacht ließen sie ihn unter der Peitsche diesen Karren ziehen. Eines Mittags brach er zusammen. Zwölf tiefe Schluchzer entrangen seiner Brust, und dann starb er in ihren Armen.‹

Der Junge brachte unmenschliche Kräfte auf, um mir diese Geschichte zu erzählen. Aber der tiefe Wunsch, all das erlittene Unrecht kundzutun, hielt ihn aufrecht.

›Nun war der Weg zu meiner Schwester frei. Mochte sie sich auch noch so sehr wehren, es half ihr nicht. Meinem armen Vater brach es das Herz, als er davon erfuhr. So blieb denn nur ich zurück, um die Ehre meiner Familie zu rächen. Ich schaffte meine jüngere Schwester an einen sicheren Platz und kehrte, mit einem Degen bewaffnet, zurück.

Durch ein Fenster verschaffte ich mir Zutritt, doch sie hörten mich. Auch meine ältere Schwester eilte herzu. Sie wollte mich wohl beschützen. So war sie mit dabei, als es zum Kampf kam.‹

Seine Kräfte verließen ihn mehr und mehr, doch er

gab noch nicht auf. Er bat mich, ihm zu helfen, sich aufzusetzen.

›Marquis‹, sagte der Bursche, die großen Augen starr auf ihn geheftet, ›es kommt der Tag, wo Ihr für Eure schändlichen Taten büßen werdet. Man wird Euch zur Rede stellen. Möge Gottes gerechte Strafe Euch treffen.‹ Er malte mit seinen blutigen Fingern ein Kreuz in die Luft und verschied.

Ich kehrte an das Lager der jungen Frau zurück und fand sie unverändert. Es gab wenig Hoffnung für sie. Schweren Herzens verließ ich sie in dieser Nacht. Ihr nicht nachlassendes Geschrei hallte lange in meinen Ohren.

›Mein Mann, mein Vater, mein Bruder! Eins, zwei, drei, vier, fünf, sechs, sieben, acht, neun, zehn, elf, zwölf. Pst.‹ Die Brüder boten mir eine Rolle Gold für meine Dienste an.

Ich lehnte es ab.

Am nächsten Morgen wurde die Goldrolle an meiner Tür abgegeben. Es schien mir als eine Bezahlung meiner ärztlichen Schweigepflicht. Dieser unterlag ich, dennoch konnte ich diese miterlebte Ungerechtigkeit nicht einfach auf sich beruhen lassen. Nach reichlicher

Überlegung beschloß ich, dem Minister den Hergang zu melden.

Im übrigen bewahrte ich die Vorgänge als tiefes Geheimnis, auch vor meiner Frau.

Ich hatte gerade den Brief beendet, als eine Dame von vornehmer Herkunft mein Sprechzimmer betrat. Sie hatte einen kleinen Knaben mit sich und stellte sich als Gattin des Marquis St. Evremonde vor.

Ein Schreck durchfuhr mich. Der Knabe trug auf seiner Jacke das gleiche Wappen, das ich vor zwei Nächten gesehen hatte.

In großer Erregung schilderte mir die Dame, daß sie um diese schreckliche Geschichte wisse. Sie sei zu mir gekommen, um zu erfahren, wo sich die verbliebene Schwester aufhalten würde. Es wäre ihr sehnlichster Wunsch, dieser zu helfen.

Ich konnte ihr nichts darüber sagen, wußte ich doch nicht einmal den Namen der unglücklichen Familie.

Sie drückte den kleinen Jungen an sich. Mit Tränen in den Augen sagte sie: ›Ich tue es für ihn. Charles soll nicht für die Schuld seines Vaters und Onkels büßen müssen. Es ist so viel Unrecht durch unsere Familie geschehen. Unsere Untertanen hassen uns. Sein Erbe

wird ihm nie Glück bringen, wenn nicht Sühne geleistet wird.‹

Ich hörte das viele Leid in ihrer Stimme. Mit schwerem Herzen schieden wir voneinander. Wir sahen uns nie wieder. Den Namen ihres Mannes hatte sie wohl genannt, da sie davon ausging, daß ich ihn schon wußte.

Ohne ihn preiszugeben, versiegelte ich nun das Schreiben und bat meinen Diener, Ernest Defarge, dieses zu überbringen.

An demselben Abend läutete es zu später Stunde an meiner Tür. Ein schwarz gekleideter Mann verlangte mich zu sprechen. ›Ein dringender Fall‹, sagte er.

Ich saß gerade mit meiner Frau zusammen. Nie werde ich den Schrecken, der sie durchfuhr, vergessen. Von einer unguten Ahnung ergriffen, bat sie mich, nicht zu fahren.

Wie sorglos war ich doch.

Kaum hatte ich meine Wohnung verlassen, als man mir einen Knebel in den Mund schob und meine Arme fesselte. Aus dem Schatten einer dunklen Ecke tauchten die beiden Brüder auf. Einer von ihnen zog meinen Brief aus der Tasche, hielt ihn spöttisch grinsend vor meine Augen und verbrannte ihn.

Man brachte mich hierher ins ... Gefängnis und versenkte mich lebendig in meinem Grabe.

Nie habe ich Nachricht über den Verbleib meiner geliebten Frau erhalten. Lebt sie noch? Oder hat es Gott gefallen, sie zu sich zu rufen?

Es bleibt mir nur die Hoffnung, daß der Tag kommen wird, an dem sie vor den Richterstuhl gestellt werden. Sie und ihre Nachkommen bis ins letzte Geschlecht sollen ihrer gerechten Strafe nicht entkommen.

Ich klage sie an vor dem Himmel und vor der Erde.«

Wie gebannt hatten alle im Saal der Verlesung des Schreibens zugehört. Nach den letzten Sätzen erhob sich ein schreckliches Getümmel. »Wir fordern sein Blut, wir fordern sein Blut!«

Die rachegierigen Menschen standen auf ihren Sitzen. Drohende Fäuste richteten sich gegen Charles St. Evremonde.

Mitten in diesem Tumult saß Madame Defarge. Sie murmelte leise: »Nun Doktor, Ihr habt soviel Einfluß. Rettet ihn jetzt.« Ein sattes und zufriedenes Lächeln lag auf ihren Lippen. Ohne sich zu besprechen, stimmten die Geschworenen ab. Einer nach dem anderen erhob

sich und verkündete sein Urteil. Jede Stimme wurde durch die Menge bejubelt. Das Urteil war einstimmig:

Tod durch die Guillotine binnen vierundzwanzig Stunden.

Man führte Charles sofort ab.

Der Haß findet kein Ende

Lucie Manette brach bei diesem Urteilsspruch ohnmächtig zusammen. Mit einem leisen Schmerzlaut fiel sie ihrem Vater vor die Füße. Sydney Carton hatte sich bis zu diesem Augenblick im Hintergrund aufgehalten. Jetzt eilte er hinzu, um sie aufzuheben und zur Kutsche zu tragen. Mit sanfter Geste strich er durch ihr Haar. Versonnen blickte er auf ihr schönes Gesicht.

»Erinnert Ihr Euch«, so sprach er zu der Ohnmächtigen. »Ich würde mein Leben opfern, wenn es für Euer Glück gefordert wird.«

Damit ließ er Lucie in der Obhut ihres Vaters und Mr. Lorrys. Seine Geschäfte drängten, hatte er doch nur noch vierundzwanzig Stunden Zeit. Er schritt auf Saint Antoine zu. Unterwegs machte er vor einem Spie-

gelladen halt und ordnete seine Kleidung. Sein wirres Haar brauchte eine dreimalige Aufforderung, um sich zu glätten. Mit der Haltung eines korrekten und etwas steifen Engländers betrat er den Weinladen von Ernest Defarge. Es war zufällig nur Jacques drei als Gast in der Schenke. Carton nahm an einem Tisch in der Nähe des Ausschankes Platz und bestellte in schlechtem Französisch eine halbe Flasche Wein. Niemand hier sollte erfahren, wie gut er die Landessprache beherrschte. Madame Defarge bediente ihn. Er spürte deutlich, wie sich ihr gleichgültiger Blick veränderte, als sie näher trat. Sie beäugte ihn scharf, ja fast ungläubig.

»Sie sind Engländer?« fragte sie.

»Ja, Madame, ja. Ich sein Engländer«, gab er im gebrochenen Französisch zurück.

Sie ging zum Tresen und flüsterte ihrem Mann zu. »Mein Gott, er sieht dem Evremonde sehr ähnlich.« Defarge fixierte ihn und nickte dann seiner Frau zustimmend zu.

Carton griff nach einer Zeitung und las mit einem angestrengten Gesichtsausdruck. Dabei lauschte er aufmerksam dem Gespräch, das am Tresen stattfand. Die drei unterhielten sich über die heutige Gerichtsverhand-

lung. »Unsere Rache muß irgendwo ein Ende finden«, gab der Weinhändler zu bedenken. Seine Frau war anderer Meinung. »Nein, sie müssen alle ausgelöscht werden.«

»Ganz recht, Madame«, stimmte ihr Jacques drei zu. »Die Sache ist mächtig im Gange. Es müssen noch mehr Köpfe rollen.«

»Aber Dr. Manette und seine Tochter haben genug gelitten. Es muß schrecklich für sie gewesen sein.«

Madame Defarge brauste auf. »Was dich betrifft, so bin ich überzeugt, daß du diesen Evremonde selbst jetzt noch retten würdest.«

»Nein«, Ernest Defarge schüttelte den Kopf. »Aber die Familie ist genug gestraft.«

Mit einer zornigen Bewegung warf Madame Defarge ihr Strickzeug nieder. »Sie müssen alle vernichtet werden, auch Lucie und ihr Kind. So wie es von Dr. Manette geschrieben wurde – bis ins letzte Geschlecht.«

»Warum seid Ihr so erregt?« fragte Jacques drei.

»Als mein Mann die Schrift fand, lasen wir sie gemeinsam. Die Wahrheit traf mich schwer. War es doch meine Familie, die von den Evremonde so grau-

envoll behandelt wurde. Ich habe durch sie meinen Vater, meinen Bruder und meine Schwester verloren.«

Der tödliche Haß dieses Weibes erfüllte den ganzen Raum. Carton hatte Mühe, sein aufgeregtes Herz zu bändigen. So waren auch Lucie und ihr Kind in Gefahr. Es galt, schnell zu handeln.

Der frühe Abend lockte mehrere Gäste in die Weinstube. Carton verlangte die Rechnung. Unverzüglich suchte er Mr. Lorry auf. Er fand ihn, von einer tiefen Unruhe erfüllt, in seinen Privaträumen. Hastig teilte Mr. Lorry ihm mit, daß Dr. Manette seit einigen Stunden vermißt wurde.

Es dauerte noch eine geraume Zeit, bis sie seine müden Schritte auf der Treppe hörten. Voller Hoffnung, daß er mit guten Nachrichten kam, eilten sie ihm entgegen. Doch auf den ersten Blick sahen sie, daß nun alles verloren war. Mit großen, verwirrten Augen starrte er sie an. »Ich kann sie nicht finden«, sagte er. »Wo ist sie? Wo ist meine Werkbank? Die Zeit drängt, ich muß die Schuhe fertigbringen.« Seine Stimme war ein klägliches Wimmern. »Oh, oh, gebt mir meine Arbeit zurück.«

Er zog seinen Rock aus und ließ ihn zu Boden fallen.

Schluchzend sank er in einen Stuhl und schaute mit leerem Blick ins Feuer.

Mr. Lorry und Mr. Carton sprachen beruhigend auf ihn ein. Sie waren erschüttert und erschreckt. Ratlos sahen sie sich an. Carton bückte sich, um den Rock des Doktors aufzuheben. Dabei fiel ein Papier aus den Taschen. Er griff danach und sah es sich an.

»Gott sei Dank.« Aufatmend sagte er: »Es ist ein Paß, der Dr. Manette und seiner Familie erlaubt, Frankreich zu verlassen.«

Erschrocken rief Mr. Lorry aus: »Sind sie in Gefahr?«

»Ja, in großer Gefahr. Es ist zu befürchten, daß Madame Defarge sie anklagen wird. Ich hörte heute abend dieses Weib Reden führen, die das Schlimmste in Aussicht stellen.«

Er fuhr in seine Rocktasche und brachte ein ähnliches Dokument zum Vorschein. »Ich möchte, daß Ihr auch dieses in Verwahrung nehmt.« Mr. Lorry nahm das Schreiben entgegen. »Aber das ist doch Euer Paß. Warum?«

»Heute nacht werde ich Charles im Gefängnis aufsuchen. Ihr erinnert Euch doch bestimmt an unseren

freundlichen Helfer, Barsad. Er wird mir Zugang zu seiner Zelle verschaffen. Es ist wohl ratsam, nichts bei mir zu tragen.«

Die Gestalt in dem Sessel zwischen ihnen wiegte sich mit eintönigem Stöhnen hin und her. Sie sprachen miteinander in einem leisen Ton. »Bitte, Mr. Lorry, rüstet alles zur Abfahrt, so daß Ihr am frühen Nachmittag nach England aufbrechen könnt. Ihr werdet alles weitere morgen verstehen.« Cartons Stimme klang ruhig und bestimmt. Mr. Lorry schöpfte etwas Zuversicht. »Ihr habt ein edles Herz. Möge Gott uns alle beschützen.«

Mit vereinten Kräften halfen sie dem Doktor auf und führten ihn zu seinem Haus. Mr. Lorry begleitete ihn die Treppen hinauf in seine Wohnung.

Sydney Carton blieb alleine in der dunklen Nacht zurück. Er schaute zu den hellbeleuchteten Fenstern, hinter denen er Lucie vermutete. »Der Himmel sei mit Dir, meine Geliebte . . .« flüsterte er.

Charles nimmt Abschied

In dem dunklen Gefängnis La Force wartete Charles auf die Vollstreckung des Urteils. Papier, Feder, Tinte und Licht waren ihm für seine letzte Nacht bewilligt worden. So saß er in seiner Zelle an einem einfachen Holztisch und schrieb einen langen Brief an Lucie.

Liebevolle und trostvolle Worte strömten aus der Feder. Von ganzem Herzen versicherte er ihr seine Liebe. Er bat sie, sich ihrem Kinde und ihrem Vater zu widmen.

Auch letzterem schrieb er in demselben Sinne. Mit eindringlichen Worten beschwor er ihn, die Vergangenheit ruhen zu lassen.

Zuletzt dankte er Mr. Lorry für seine Freundschaft, und mit einigen Angaben über sein Vermögen beendete

er sein Schreiben. Er hatte mit der Welt abgeschlossen. An Sydney Carton dachte er in dieser Stunde nicht.

Die Turmuhr hatte zwölf geschlagen. »Dies ist der Tag deines Todes«, sagte er leise zu sich selbst. Er ging ruhig und gefaßt in seiner Zelle auf und ab. Bilder aus seiner Vergangenheit tauchten auf.

Er sah sich als kleiner Knabe an der Hand seiner Mutter. Dann plötzlich hielt er sein eigenes Kind auf seinen Armen. Lucie ging neben ihm. Er saß mit Dr. Manette und Mr. Lorry im Garten. Die kleine Lucie spielte im Gras. Warf ihm ihren Ball zu. Die Bilder drehten sich wie ein Karussell vor seinen Augen. Fast zum Greifen nah sah er alles vor sich.

Das laute Dröhnen der Turmuhr holte ihn aus seinen Gedanken. Sie hatte zwei Uhr geschlagen. Er hatte vernommen, daß die Gefangenen um drei Uhr aufgerufen wurden. So blieb ihm noch eine Stunde.

Plötzlich wurde die Stille unterbrochen. Schritte auf dem Steinflur draußen vor der Tür kamen näher. Ein Schlüssel wurde ins Schloß gesteckt. Die Tür ging rasch auf, jemand huschte über die Schwelle, sie wurde wieder geschlossen.

Sydney Carton stand im Raum. »Von allen Menschen

auf Erden habt Ihr mich wohl am wenigsten erwartet«, sagte er.

»Ich kann kaum glauben, daß Ihr es seid. Wie habt Ihr Euch Einlaß geschaffen. Ihr seid doch nicht gefangen?«

»Nein. Zufällig ist mir ein Schließer eine Gefälligkeit schuldig. Ich komme im Auftrag Eurer Frau, mein lieber Darnay. Doch jetzt ist nicht der richtige Zeitpunkt für lange Erklärungen.«

Er schob Charles zu einem Stuhl und drückte ihn darauf nieder. »Rasch, entledigt Euch Eurer Stiefel. Zieht die meinen an.«

»Carton, das ist Wahnsinn. Es gibt kein Entrinnen. Ich zöge Euch nur mit in den Untergang.« Charles Darnay machte keine Anstalten, sich den Wünschen seines Freundes zu fügen.

»Es wäre allerdings Wahnsinn, wenn ich Euch auffordern würde zu fliehen.«

Mit sanfter Gewalt hatte Sydney dem Gefangenen die Stiefel ausgezogen und gegen die seinen vertauscht. Ebenso verfuhr er mit Rock und Halsschärpe.

Nachdem er Charles' Haare in Unordnung gebracht hatte, betrachtete er zufrieden sein Werk. »Ja«, murmelte er, »so wird es vielleicht gut gehen!«

Willenlos hatte sich Charles gefügt. Eine fast unmenschliche Stärke ging von Sydney Carton aus.

»Bitte, setzt Euch an den Tisch. Ich möchte, daß Ihr ein paar Zeilen niederschreibt.«

»Carton. Lieber Carton! Begreift doch! Es kann nicht gelingen. Noch nie ist jemand die Flucht aus diesen Gemäuern geglückt.«

»Verlang ich denn von Euch, Ihr sollt zur Tür hinausgehen. Nein! Ich möchte nur, daß Ihr ein paar Zeilen schreibt.«

Charles Darnay drückte seine Hand an seinen wirren Kopf.

»An wen soll ich adressieren?«

»An niemanden.« Carton stand hinter ihm. Langsam griff seine Hand in seine Hemdtasche. »Wenn Ihr Euch der Worte erinnert«, diktierte er, »die vor langer Zeit zwischen uns fielen, so werdet Ihr verstehen.«

Charles hörte auf zu schreiben. »Was ist das für ein Geruch.«

»Ich rieche nichts«, beruhigte ihn Carton. Er hielt etwas hinter Darnays Rücken in seiner Hand.

Der Kopf des Schreibers sank vornüber. Die Feder entfiel seinen Fingern. Für einen Moment versuchte er,

sich gegen das Tuch zu wehren, das Carton ihm nun dicht an die Nase hielt.

Sydney ordnete flink seine Haare und rief den Wärter. Barsad kam herein. »Seht Ihr? Ihr seid nicht in Gefahr, daß dieser Betrug aufgedeckt wird.«

»Ja, ich bin nun überzeugt. Doch darf kein Gefangener fehlen. Wollt Ihr wirklich sein bitteres Ende übernehmen?«

»Geht, bringt ihn zu Mr. Lorry. Ich werde Euch nicht verraten. Meine Lippen werden bald für immer versiegelt sein.«

Barsad trug Charles hinaus, und Carton stand seinem selbstgewählten Schicksal alleine gegenüber.

Die Turmuhr schlug drei Uhr. Er hörte, wie mehrere Türen geöffnet wurden. Schließlich auch die seine. Ein Wärter mit einer langen Liste in der Hand, trat ein. »Folgt mir, Evremonde«, befahl er. »die Guillotine erwartet Euch.«

Die Zollabfertigung

Am selben Nachmittag um drei Uhr hielt eine Kutsche an der Zollstation. Es war die erste von den vielen, die den Weg nach England säumten. Der Kontrolleur verlangte die Papiere. Sie wurden ihm von Mr. Lorry gereicht. »Alexander Manette. Arzt. Franzose. Wer ist es?« Mr. Lorry deutete auf Dr. Manette, der ihm gegenübersaß.

»Es scheint, der Bürger ist nicht recht bei Sinnen! Braucht wohl selbst einen Arzt.« Ein bekümmertes Nicken von Mr. Lorry war die Antwort.

»Lucie, seine Tochter. Französin. Welche ist es? Ah, Ihr seid also die Frau des Evremonde!«

»Ja.«

»Nun, er braucht wohl keinen Paß mehr. Und das ist

wohl Euer Kind, Madame? Gib mir einen Kuß, Kind des Evremonde! Siehst du, nun hast du einen guten Republikaner geküßt. Das ist etwas Neues in Eurer Familie. Vergiß es nicht.«

Der Kontrolleur beugte sich weit in die Kutsche. »Und wen haben wir da? Ist dieser hier Sydney Carton? Advokat. Engländer.«

»Er fühlt sich nicht wohl«, erklärte Mr. Lorry. »Der Abschiedsschmerz von einem guten Freund hat ihn sehr geholfen.«

»Es scheint mir, daß er ohnmächtig ist. Nun denn, er ist Engländer. Jarvis Lorry. Bankier. Engländer. Wer ist's?«

»Ich – natürlich.« Mr. Lorry stand neben dem Wagen und gab bereitwillig Auskunft. Es hatte sich schnell herumgesprochen, wer im Wagen saß. Ein kleines Kind auf den Armen der Mutter streckte seine Hand aus. Es wollte die Frau eines Aristokraten berühren.

»Da habt Ihr Eure unterzeichneten Papiere, Jarvis Lorry.«

»Kann man abfahren, Bürger?«

»Man kann abfahren, ja. Vorwärts, Kutscher. Glückliche Reise!«

GRENZ

Die Rache der Madame Defarge

In der frühen Morgendämmerung des gleichen Tages, an dem Carton und viele andere zur Guillotine geführt wurden, traf sich Madame Defarge mit drei ihrer Verbündeten. Das geheime Treffen fand in der Werkstatt des Holzhackers statt, gegenüber den Gefängnismauern von La Force.

»Laßt mich sprechen, Bürger der Revolution«, begann Madame Defarge. »Mein Mann ist ein guter Republikaner. Doch hat auch er seine Schwächen. Er möchte, daß die Tochter und Enkelin von Dr. Manette unbestraft bleiben.«

»Er sollte seine persönlichen Gefühle zurückstellen.« Jacques zwei schüttelte nachdenklich den Kopf.

»Mit einem Wort«, sprach Madame Defarge weiter,

»wir müssen diese Sache in unsere Hände nehmen. Es könnte sonst sein, daß er Dr. Manette warnt. Kommt her, Holzhacker. Berichtet von Euren Entdeckungen.«

»Jeden Tag zwischen zwei und vier Uhr stand sie hier. Bei jedem Wetter! Und stets machte sie Zeichen zu einem der Fenster hinauf.«

»Das ist offenbar ein Komplott«, sagte Jacques zwei. »Seid Ihr bereit, gegen sie auszusagen?«

»Ei ja. Warum nicht?« Der Holzhacker nickte eifrig, die Angst saß ihm im Nacken.

»Gut.« Madame Defarge war zufrieden. »Kommt heute abend in die Weinstube. Wir wollen dann unsere Klage vorbringen. Auch Dr. Manette soll vor Gericht stehen. In der Zwischenzeit werde ich noch mehr Beweise sammeln.«

»Was habt Ihr vor, Bürgerin?«

»Die arme Witwe Evremonde werde ich aufsuchen. Jetzt, wo ihr Mann der Guillotine gegenübersteht, wird ihr vielleicht ein unbedachtes Wort gegen die Republik entfallen.«

Wie ein Raubtier auf Beutezug machte sie sich auf den Weg, ihre Pistole steckte im Gürtel. »Ich seh' Euch bei der Hinrichtung«, rief sie ihnen zu.

Die Wohnung von Dr. Manette und seiner Tochter war nicht völlig verwaist. Miß Proß und der Diener von Mr. Lorry packten das letzte Hab und Gut zusammen.

Ohne anzuklopfen stürmte Madame Defarge hinein. Der Diener Jerry hatte gerade die Wohnung verlassen, um den Wagen zu holen. Miß Proß stand ihr alleine gegenüber. »Wo ist Evremondes Weib?« Mit eisiger Kälte in der Stimme stieß Madame Defarge die Frage aus.

Blitzartig stellte sich Miß Proß vor eine Tür. Sie wollte die Entdeckung der Flucht solange wie möglich hinausschieben.

»Nein, du bösartiges Frauenzimmer, hier kommst du nicht hindurch. Dir bin ich schon noch gewachsen.«

»Gebt den Weg frei!«

Jede bediente sich der eigenen Sprache, aber durch die deutlichen Gebärden und Mienen verstanden sie sich sehr gut. Madame Defarge erkannte, daß diese Frau eine Stärke in sich trug, die der ihren gleich kam.

»Ich bin Britin und zu allem fähig. Du sollst kein Haar von deinen schwarzen Locken zurückbehalten, wenn du mich nur mit einem Finger berührst!«

»Ich reiße dich in tausend Stücke, wenn du nicht unverzüglich die Tür frei gibst.«

Madame Defarge schritt auf die Tür zu. Ein Handgemenge zwischen den beiden entstand. Miß Proß umfaßte von hinten die Taille ihrer Gegnerin und hielt sie mit aller Gewalt fest. »Ich bin stärker als du, Gott sei Dank. Und ich werde dich so lange festhalten, bis eine von uns beiden die Besinnung verliert oder tot zusammenbricht.« Madame Defarge wehrte sich mit aller Kraft, mit den Fäusten drosch sie auf das Gesicht von Miß Proß ein. Doch diese umklammerte sie nur noch stärker. Plötzlich schien Madame Defarge nachzugeben, ihre Hand griff zum Gürtel hin. Miß Proß sah, wonach sie griff, und schlug danach.

Ein lauter Krach dröhnte in ihren Ohren, ein Blitz blendete sie. Die Gestalt in ihren Armen sank in sich zusammen. Madame Defarge lag tot zu ihren Füßen.

Betäubt griff sie nach den letzten Taschen, sorgfältig verschloß sie die Wohnungstür. Die Kutsche stand wartend im Hof. Sie stieg ein.

Während die Kutsche Miß Proß und ihren Begleiter aus der Stadt brachte, rumpelten die Karren langsam mit den zum Tode Verurteilten durch die überfüllten Straßen. Sechs schwerbeladene Wagen waren es heute, die an den Schaulustigen vorüberfuhren.

»Da steht Evremonde«, rief einer aus der Menge. »Zur Guillotine mit allen Aristokraten! Nieder mit Evremonde.«

Sydney Carton stand aufrecht da. Ein tiefer Frieden lag auf seinen Gesichtszügen, verklärt schaute er zum Himmel. Er flüsterte:

»Ich sehe die Menschen, für die ich mein Leben opfere, ein friedliches und glückliches Leben führen. Ich sehe, wie sie meinen Namen voller Dankbarkeit in ihrem Herzen tragen. Ich sehe SIE, wie sie bei jeder Wiederkehr dieses Tages Tränen um mich weint.

Es ist etwas weit, weit Besseres, was ich jetzt tue, als was ich je getan habe. Und es ist eine weit, weit bessere Ruhe, der ich entgegengehe, als ich je gekannt habe.«